Francesco Fiorentino

Cinque giorni fra trent'anni

Marsilio

Prima edizione: settembre 2023
ISBN 978-88-297-1901-3
www.marsilioeditori.it

CINQUE GIORNI FRA TRENT'ANNI

per Paolo, mio fratello

Non si perde (ripeti vanamente)
che quanto non si ha e non si è avuto
mai, ma non basta il coraggio
per imparare l'arte dell'oblio.

JORGE LUIS BORGES, *1964*

I

Roberta

Il segretario l'ha informato della strana telefonata. Un notaio di Montecarlo, in un italiano stentato, ha chiesto di parlare col giudice Arturo Marti; si è assicurato che a questo recapito sarebbe stato possibile trovarlo. Dopo un paio di giorni è arrivato il telegramma in cui gli viene chiesto un appuntamento telefonico per la settimana successiva. Senza però esplicitarne il motivo. Questa strana procedura insospettisce Marti. Pensa che si tratti di qualche affare connesso a uno dei casi di cui si sta occupando.

La telefonata giunge puntuale. Si parlano in inglese. All'inizio è molto cauto, annota nome e cognome del notaio chiedendogli di fare lo spelling. Finalmente si arriva al punto. Marti è stato nominato esecutore testamentario dal dottor Guido Clemente, morto il mese prima in una clinica di Montecarlo. Il testamento è stato depositato presso il suo studio. Il defunto era suo amico, oltre che suo cliente. Lo attende quindi nel Principato per poterlo aprire e rendere esecutivo. Per coprire le spese del suo arrivo, il dottor Clemente ha previsto uno stanziamento in franchi equivalente a dieci milioni di lire. Lo studio si occuperà di organizzarlo.

Marti tace così a lungo che il notaio verifica che sia ancora in linea.

«Ci sono, ci sono. Ma io che c'entro?»

«Ignoro le ragioni che hanno indotto il dottor Clemente a questa decisione.»

Marti ricorre al tono professionale per chiudere la comunicazione: «Le farò sapere se posso assumere questo incarico. In questo momento ho molto da fare. Mi lasci il suo recapito telefonico.»

Che può volere, dopo essere morto, Guido Clemente da lui? Non l'incontra da quasi trent'anni, da quando l'ha accompagnato alla Stazione centrale in partenza per Londra. Dovrà di nuovo guardare a quella parte della vita che vorrebbe annegata nel tempo? Ce ne ha messo per diventare quello che è, non ha voglia di confrontarsi ancora con il se stesso di allora. Eppure, deve riconoscere che in questo cambiamento Guido ha giocato un ruolo. A partire da quando è uscito dalla sua vita, ha finito per attribuirsi il suo distacco, per assumerne l'inviolabilità. In qualche modo ha cercato di appropriarsi di quanto gli ha invidiato. Perché Guido ha voluto ricomparire dopo decenni e in veste di fantasma? Non aveva altri cui affidare quell'incarico? Che ne ha fatto la vita della persona più dotata che ha conosciuto?

***

La prima volta l'ha incontrato all'inizio degli anni Settanta, quando entrambi hanno circa vent'anni. Ricorda ancora abbastanza bene com'era Guido, mentre di se stesso a quell'epoca Arturo non ha un'immagine precisa. Rammenta soprattutto uno stato d'animo perennemente turbato, una tensione che si trasmette al passo, all'agitarsi delle mani, al succedersi incontrollato dei pensieri. Era inquieto e maldestro. Conserva poche fotografie di quell'età, e sembrano non essere della stessa persona. In un paio – capelli lunghi, dietro le spesse lenti lo sguardo assorto e le labbra piegate in una lieve smorfia – sembra scoraggiato. In altre invece appare in cravatta, con il sorriso deliberato di chi è pronto a recitare la propria parte nel mondo. Questo contrasto è il segno di quanto è irrisolto. Convivono il bravo ragazzo vestito come piace alla madre e quello sconcertato che è uscito di casa? Oppure l'immagine in posa rasserenata è soltanto una sorta di augurio di chi vorrebbe allontanarsi subito da quanto sta vivendo e trovar pace in sé e un posto nel mondo?

Ha conosciuto Guido a un tavolo di poker. Il martedì con alcuni ex compagni di liceo si ritrovano a casa del più ricco che mette a disposizione una stanza ben riscaldata, tramezzini, Coca-Cola e liquori. Sono giovani come si producevano in Italia prima del Sessantotto, infantili imitatori degli adulti. Le puntate sono ragionevoli, nessuno può rovinarsi a quel tavolo. Una sera che deve essere di gennaio – perché nel ricordo ci sono ancora resti alimentari e decorazioni delle feste –, il padrone di casa si fa trovare con una sua conoscenza recente. Guido non è alto, ma bello di una bellezza ombrosa, scostante. Ha soprattutto la serietà e la sicurezza come di un'altra età, che impone soggezione a tutti loro. Il padrone di casa gli versa da bere per primo, cerca continuamente la sua attenzione mentre quello lo guarda come una cosa sbagliata e per lo più risponde solo con un cenno del capo.

La partita procede normalmente, le puntate e i rilanci sono al livello di sempre, i vecchi compagni di gioco però parlano molto meno, come intimoriti dal silenzio del nuovo venuto. Intanto lui sente sollevarsi un'insofferenza irresistibile verso questo sconosciuto che con la sua presenza sta stravolgendo le loro abitudini. Gli rovescia addosso un bicchiere d'acqua che si trova sul tavolo. Guido non sorride alle sue scuse, come se gli fosse risultata chiara l'intenzione del gesto.

Arturo sta dando le carte e si trova due dame, un asso e due scartine. Tutti cambiano una carta, lui due. Gli vengono un re e un otto. Gli restano in mano come punti le due dame. Quello che ha aperto fa una puntata minima, il secondo e il terzo passano, Guido va a vedere senza rilanciare. Lui rilancia: più quindicimila lire. È la metà di quanto guadagna mensilmente con le lezioni private. Una simile cifra non è mai stata giocata in quella stanza. Il tipo che ha aperto sbalordito abbandona scuotendo la testa. Guido invece, risoluto, accetta. Lui mostra le due dame.

«Non bastano. Ho due assi.»

Arrossisce e nel gesto stizzito con cui sbatte le carte sul tavolo non riesce a trattenere il disappunto: «Ma perché con due assi sei venuto a vedere? Come hai capito che era un bluff?»

Guido sorride: «Perché sei prevedibile.»

Saltuariamente segue scoraggiato le lezioni della facoltà di Giurisprudenza. È riuscito a superare gli esami con voti mediocri. Non ha fatto amicizia con i compagni di corso, spesso altrettanto disinteressati a quello che studiano e impegnati solo a strappare la promozione all'esame.

Partecipa in silenzio alle riunioni del Collettivo politico in un'aula scura della facoltà a Mezzocannone. Le discussioni, per lo più tra poche persone che intervengono, sono accanite ma quasi mai interessanti. Convergono e si dividono su parole di cui Arturo conosce vagamente il senso senza saperle padroneggiare. Al liceo non ha frequentato le assemblee, è di sinistra perché la sinistra sta dalla parte dei poveri e degli oppressi e si sente seppur moderatamente tale. Si trova bene in quelle riunioni quasi giornaliere. Si conoscono persone che non si sarebbero potute incontrare altrove. Figli di professionisti e costruttori parlano confidenzialmente con ragazzi della periferia e della provincia. Non che le distinzioni non si notino. Camicie di Buonanno e pantaloni di Rubinacci non passano inosservati nonostante siano spesso coperti da palandrane verde militare. Ma là dentro si gode comunque di un progresso della socialità. Lo snobismo che mescola sembra aver finalmente soppiantato la divisione in caste.

All'inizio c'è andato soprattutto perché ci trova Carla. Capelli lunghi neri e spessi che raccoglie spesso a crocchia grazie a una matita, occhi verdi e lucenti, un irresistibile fondoschiena valorizzato dai jeans stretti. È la miss del Collettivo e di sicuro sono in parecchi a venire alle riunioni per lei. Lo sa e riserva a tutti un equanime distacco cameratesco. Ufficialmente non ha un fidanzato, né si conosce chi sia il fortunato che la scopa, perché qualcuno di sicuro deve avere questo privilegio, per le fantasie liberate di quegli anni. A lui comunque non ha rivolto nessun gesto o parola che possa fargli credere di essere stato, se non scelto, almeno distinto. Ha dunque escogitato un'altra strada per avvicinarsi a lei, la via Emilia. Nel Collettivo ci sono altre due ragazze che con Carla compongono un trio. Non solo sono benfatte, ma anche di buona famiglia, aspetto che risulta evidente quanto la loro bellezza. Mentre Lea, più delicata e schiva, spesso si defila perché già fidanzata con uno specializzando di Medicina, Emilia è invece al centro di tutte le iniziative e proprio per questo assai più accessibile di Carla. È lei che organizza gli incontri, presenta le persone, fissa gli appuntamenti. Emilia si veste con le abbondanti gonne fiorate di quegli anni, che attribuivano al sesso una tale presunzione d'innocenza da spegnere ogni desiderio. Proprio perché non la desidera, con lei Arturo si sente a suo agio. Così in un paio di settimane, per la proprietà transitiva della cordialità, è riuscito a raggiungere una certa disinvoltura anche con Carla, senza tuttavia trovare l'occasione per farle qualche avance. Almeno però sa che non ha un fidanzato: ne ha lasciato uno trentenne mesi prima.

Questa vita di studente svogliato si è rivelata molto più dispendiosa di quanto consentano i proventi delle lezioni privata. Arturo si trova nella necessità di cercare un lavoro, che possibilmente gli lasci una parte del giorno libera per continuare a frequentare non tanto le lezioni quanto Carla, Emilia e gli amici del Collettivo. I maschi non sono richiesti come babysitter, bisogna puntare a un impiego da barista o cameriere. Prova a chiedere in giro. Scopre che sono in molti nella sua stessa situazione e sembrano essersi tutti mossi tempestivamente prima di lui. Si sta rassegnando a sollecitare altre lezioni private di latino e d'inglese quando dal barista sotto casa gli arriva una segnalazione. Un locale a Santa Lucia è in cerca di un cameriere che conosca bene l'inglese.

Il locale non è un caffè, né tantomeno un ristorante. È un night club che rimane aperto fino al mattino, dove si esibiscono due cantanti e alcune spogliarelliste, mentre al bancone sostano un paio di tristi signorine scollacciate che aspettano di farsi offrire da bere e poi proporre qualcosa in più. Le coppie possono ballare al suono confidenziale di un'orchestrina di tre musicisti.

Arturo si precipita quello stesso pomeriggio. Non è mai entrato in un posto del genere. Oscuro, un forte odore di sigarette spente, le foto in bianco e nero delle artiste alla porta, una sensazione di polvere che dalle narici arriva in gola. Le pareti, i divanetti, la moquette emanano un sentore di squallore vizioso. L'anziano proprietario, fasciato in un doppiopetto rigato da gangster e coronato da un parrucchino rossastro, gli chiede in un inglese da fruttivendolo italoamericano se ha già prestato servizio. È contento delle risposte, sempre in inglese, perché mette subito in chiaro le condizioni. Finché è in prova non ci sarà niente di scritto tra loro, sarà pagato *cash* a settimana. Per cinque giorni, deve montare alle otto di sera e smontare alle quattro del mattino. Le mance restano metà ai camerieri e metà al locale, se si comporterà bene gli darà cinquantamila lire alla settimana e un rapido sostentamento per cena.

Accetta. Comincerà il venerdì seguente.

È proprio lì dentro che rivede Guido.

Il night club, per Arturo, ha perso abbastanza presto il fascino del peccato. Dopo averci spartito alle otto un club sandwich e alle quattro del mattino le brioche e il cappuccino, le spogliarelliste seminude non gli hanno fatto più lo stesso effetto. Le ragazze compiacenti, fuori dai loro compiti, non smettono di lagnarsi, provate, oltre che dalla vita, dai discorsi dei clienti alticci. Fa più amicizia con le due cantanti, scelte non tanto per la voce ma per la bella presenza e la disponibilità a esibirla. Anna, che sfarzosamente si fa chiamare Gloria, ha ventitré anni e una bambina cresciuta dalla madre. È una falsa bionda, piuttosto in carne, dal seno monumentale sempre esaurientemente esposto. Oltre alle canzoni napoletane, dispone di un repertorio sentimentale che canta con una voce appena intonata. Ha subito mandato segni inequivocabili di predilezione ad Arturo, che risponde in maniera distratta e frettolosa a ogni accostamento confidenziale. Questa predilezione gli sta procurando qualche problema con un cameriere e buttafuori, corteggiatore in titolo di Gloria. Ha cercato di rassicurarlo, ma il bruto si è indispettito alla scoperta che Arturo disdegna la sua prediletta.

Gli piace molto di più Roberta, quella che si dice "un tipo". Sottile, piatta ma con maglie strette che segnalano i capezzoli, belle gambe affilate. Si esibisce in un repertorio anche internazionale, canzoni americane e francesi alla moda, con una vocina ancora un po' infantile. Arturo ama in particolare il modo in cui canta *La Javanaise.* La sua specialità è sedersi in attesa di esibirsi abbracciando le ginocchia, i piedi sulla poltrona. Questa posizione sembra un seducente compromesso, assomiglia a un arroccamento a difesa dalle avance e al tempo stesso fa salire la gonna stretta e mette in evidenza le sue belle gambe. Roberta ha un fidanzato un po' brutale e sbruffone che si dà arie da malavitoso. Il tipo non piace a don Carmine, il titolare, che quando attacca bottone lo liquida bruscamente.

Gloria e Roberta sono così diverse che si spartiscono equamente il favore dei clienti. Gloria è la preferita dei nostalgici del seno materno, come gli arabi ricchi che devono essersi passati parola perché ce n'è spesso qualcuno. Roberta fa invece strage di un pubblico orientato al gusto contemporaneo. Tra loro c'è poi un'altra sostanziale differenza. Con Gloria, come con le altre ragazze che stazionano nel locale, i clienti più risoluti possono concludere i loro approcci in un appartamento non lontano, al Chiatamone, tenuto da una cugina di don Carmine. Con Roberta no. Quando non canta, si limita a tenere compagnia ai solitari e a intrattenere con un certo distacco gruppi festosi, facendosi al massimo offrire da bere. Nonostante il riserbo, Roberta ha moltissimi ammiratori, alcuni non si rassegnano a questa sua astensione e le fanno regali sperando di conquistarla. Quelli che non si accontentano dell'esibizione delle sue belle gambe e protestano sguaiatamente vengono allontanati dai buttafuori.

Arturo si è abituato presto all'orario di lavoro, che gli consente di arrivare in facoltà verso l'una, giusto in tempo per la pausa pranzo. Per il fatto che lavora in un night club, gli amici del Collettivo lo rispettano di più. Un'aura peccaminosa e avventuriera lo circonda. Con i soldi dello stipendio ha cominciato a vestire meglio. Ha acquistato un pullover da Buonanno. Carla, tuttavia, continua a essere impermeabile al suo fascino. Benché siano ormai entrati abbastanza in confidenza, non trapela da nessun segno, neanche minimo, una qualche forma di incoraggiamento. Arturo si è convinto che stia aspettando un bel ragazzo di buona famiglia, un suo equivalente maschile, non certo lui, orfano sostenuto dalla pensione del padre e dalla madre che lavora alle Poste. In compenso, un lunedì sera, dopo aver mangiato da soli in pizzeria, senza che se lo aspettasse Emilia l'ha portato nella sua camera dell'appartamento in via Tarsia, condiviso con altre studentesse pendolari. Le esperienze erotiche non masturbatorie di Arturo si erano limitate fino ad allora a prolungati palpeggiamenti su divani, qualche escursione al di sotto di una mutandina e, solo in un caso, con una compagna di liceo, qualcosa di più. A partire da quella sera, una volta dismesse su richiesta le abbondanti gonne fiorate, Emilia è riuscita in poco tempo a prendere possesso delle sue giornate, che si consumano nell'attesa di entrare nella camera. È così iniziata una relazione che nel comune sentire del gruppo, più ancora che in quello di Arturo, passa per un fidanzamento.

Emilia lo convince a seguire le lezioni di Filosofia del diritto, tenute da un professore molto reputato, da poco arrivato in facoltà dopo aver insegnato negli Stati Uniti e a Oxford. Arturo ci va un po' per compiacerla, un po' perché quell'aula si è riempita di tutti gli amici del Collettivo. Seguire quelle lezioni è diventato di moda. Alla terza lezione sulla nozione di colpa presso gli antichi, capisce invece che quelle cose e quel professore lo interessano più di tutto quello che ha sentito, incontrato o fatto finora.

Una sera umida di febbraio, Arturo è funestato da un raffreddore che gli sconvolge il viso, il naso rosso e gonfio, gli occhi lacrimanti. Verso le undici, quando di solito comincia ad arrivare la maggior parte dei clienti, nel night club ci sono soltanto un paio di coppie e una piccola banda che si intrattiene con le ragazze. A quell'ora entra Guido accompagnato da un uomo maturo e due giovani donne benvestite. Sebbene lo avesse visto solo la sera del poker, circa due anni prima, lo riconosce immediatamente. È sempre bello di una bellezza intangibile, antipatica. Vestito di un giubbotto di pelle nera da cui spunta un pullover a collo alto sempre nero, si dirige senza esitazioni verso un tavolo cingendo delicatamente per la vita una delle ragazze, come per sorreggerla. La grazia della coppia mette ancora più in risalto lo squallore del locale. Arturo ha un moto di vergogna per il suo ridicolo gilet rosso da cameriere. *Pure il raffreddore ci voleva...*

Si sono seduti a uno dei tavoli di sua spettanza. Aspetta che si sistemino e poi si avvicina per prendere l'ordine. Sicuro di non essere riconosciuto, rimane di sasso quando, guardando il menu e non lui, Guido dice: «Che ci fai qui, Arturo?»

«Come vedi, ci lavoro.»

«Non mi sembrava che fossero queste le tue ambizioni.»

«Di giorno frequento la facoltà.»

L'anziano si intromette: «Bravo. Così si fa. Lavori per mantenerti agli studi.»

Guido solleva la testa e lancia uno sguardo ironico all'amico: «Non facciamo perdere tempo ad Arturo. Portaci due whisky di malto, e alle ragazze due Gin Fizz.»

Restano lì per un'ora, non ballano e presto si dividono in due conversazioni. La ragazza più carina con Guido, l'altra con l'anziano. Alla fine, Guido va al banco per pagare il conto e raggiunge Arturo, che si trova là vicino.

«Come te la stai passando? Quest'ambiente mi pare talmente depresso che se ci devi venire ogni sera poi hai bisogno di uno psicanalista.»

«Non è allegro, ma ci guadagno abbastanza per vivere, e soprattutto gli orari sono compatibili con le lezioni. E tu che stai facendo?»

«Sono il segretario particolare di un armatore.»

«"Particolare" che vuol dire?»

«Che devo cercare di non fargli perdere tempo, qualsiasi cosa voglia o voglia fare.»

«È quello che sta con te il tuo capo?»

«Macché, quello è il suo autista. È il suo compleanno e

ho trovato due ragazze per festeggiarlo. Il mio capo non metterebbe mai piede qui dentro.»

Arturo sente quell'affermazione come un'offesa. Sta per sganciarsi dirigendosi verso i tavoli quando Guido gli poggia amichevolmente la mano sul braccio.

«Io non ce la faccio a lavorare e studiare. Ho deciso di lasciare il lavoro. Ho abbastanza soldi per mantenermi agli studi. Nei prossimi mesi ci ritroviamo in facoltà.»

Per commiato sorride. Arturo non può trattenersi dal fare altrettanto.

Sono stati giorni belli quelli in cui è iniziato il rapporto con Emilia e ha cominciato a seguire il corso del professor Onofri. Con Emilia si vede al bar per mangiare un panino, poi vanno alla lezione che inizia alle tre. Alle cinque scappano in camera a fare l'amore. Poi alle otto lei lo accompagna al night club. Sulla strada si fermano in un baretto vicino a piazza Plebiscito a bere un Campari Soda. Arturo è conquistato da quei pomeriggi passati a letto. Fosse possibile ci tornerebbe anche di notte per tutta la settimana, e non soltanto il lunedì e martedì quando non deve lavorare. Emilia è contenta, però meno coinvolta da quei piaceri pomeridiani. Arriva presto all'orgasmo e fa di tutto per farlo venire altrettanto in fretta. È come se avesse premura di fare altro e si stesse concedendo per compiacenza, non tanto per il proprio piacere quanto per il piacere del piacere di Arturo. Sembra che a lei interessi soprattutto avere qualcuno che l'accompagni, e per averlo pare essere disposta a fare tutto quel che deve. Qualche pomeriggio suggerisce di scambiare la camera con un cinema o la biblioteca, ma le sue proposte si scontrano col desiderio di Arturo, cui cede senza discutere troppo a lungo.

Se questo regime d'incontri consente a Emilia di studiare la mattina e la sera, Arturo deve accontentarsi di quei due giorni durante i quali non lavora. Un po' suppliscono i discorsi con Emilia. Non soltanto gli racconta i libri che legge, ma riesce anche a svelargli sottintesi e implicazioni delle lezioni di Onofri. Tutto questo ad Arturo però non basta, e ha abbreviato le ore di sonno per avere una parte della mattinata da passare in biblioteca. Là sta bene a studiare, molto meglio che nell'angusta stanzetta della casa di sua madre.

Emilia ha chiesto la tesi a Onofri, che gliel'ha accordata con piacere in quanto a lezione si è già distinta con domande intelligenti. Studierà il pensiero giuridico rinascimentale. Arturo è intimorito dal fare altrettanto. Sente di non appartenere alla stessa categoria di Emilia che, oltre al latino e al greco, conosce il tedesco, l'inglese, il francese ed è un pozzo di scienza da sempre, anche perché il padre e la madre sono entrambi professori di liceo. Gli studi, nella mentalità della sua famiglia, servono invece soltanto a ottenere un diploma, condizione indispensabile per procurarsi un buon posto di lavoro. Se fino ad allora gli è bastato essere uno studente mediocre che riesce a passare gli esami, ora capisce che discutere una tesi con Onofri sarebbe diverso. È Emilia che decide per lui. Parla a Onofri di un compagno che segue entusiasta le sue lezioni ma non osa per timidezza chiedergli la tesi. Onofri, incuriosito da tanta discrezione, acconsente a farselo presentare.

All'incontro arriva emozionato e – come poi gli dirà Emilia, che ha assistito alla scena – non manca di fare gaffe. Dà l'impressione di voler abbreviare la conversazione, risponde seccamente alle domande del professore, non gliene fa. Sembra che voglia giungere quanto prima a concludere, che gli interessi solo ricevere l'argomento della tesi.

«Avevi paura che scoprisse quanto sei ignorante?»

«No, non era questo. Ho subito confessato che il mio livello non è pari al tuo. L'imbarazzo mi veniva dal pensiero che stava perdendo troppo tempo con me, che non me lo meritavo. Volevo risparmiarglielo.»

Onofri gli ha proposto come argomento la tutela della dimensione privata nel pensiero di Benjamin Constant. Arturo non ha avuto il coraggio di dirgli che ha studiato il francese soltanto alle scuole medie.

Onofri continua ad abitare a Roma anche se insegna a Napoli e, come molti professori pendolari, all'epoca in cui le ferrovie italiane non consentivano agevoli spostamenti quotidiani, per due notti si ferma a dormire in hotel. Non ha legato con nessuno dei colleghi della facoltà, cena da solo. L'idea di organizzare qualcosa per sfruttare questo suo tempo libero è di Emilia. Si terrà il pomeriggio, dopo la lezione, un seminario, cui parteciperanno pochi eletti, i laureandi e qualche laureato invitato sempre da Emilia. Onofri propone di discutere un testo da lui indicato la settimana prima, in modo che tutti possano averlo letto. E ci tiene subito a precisare che non si sarebbe parlato, come a lezione, di Filosofia del diritto, ma solo di opere che bisogna per forza conoscere se s'intende approfondire un qualsiasi argomento di diritto, di filosofia, di letteratura. Il primo è il tredicesimo capitolo del terzo libro dei *Saggi* di Montaigne. Emilia stessa avrebbe tenuto la relazione introduttiva.

Partecipare al seminario presto diventa l'aspirazione di molti tra gli studenti più brillanti della facoltà. Questo successo coincide con la crisi del Collettivo. Una parte dei membri si è messa a proporre una svolta politica, che comporta scontri con la polizia, espropri proletari, sabotaggi. La violenza dei loro propositi si accompagna al tono fermo con cui li enunciano. Guardano fisso negli occhi i loro avversari con aria di sfida, li interrompono minacciando di arrivare alle mani. I più colti e ambiziosi, riluttanti a prendere questa strada, hanno trovato nel seminario un'alternativa. Onofri è stato professore a Oxford, ha scritto libri di successo e spesso viene citato sui giornali. E – dote importante all'epoca – ha la reputazione di filosofo di sinistra, anticonformista.

Al seminario partecipano assiduamente una ventina di studenti, il fiore della facoltà, passati al vaglio da Emilia. Già a partire dalla terza riunione le discussioni sono diventate più animate. Si prende la parola come non accade negli altri corsi della facoltà; non ci si rivolge solo al professore, si discute anche tra compagni. Onofri lascia parlare, si riserva le conclusioni.

Arturo durante le prime quattro riunioni non ha aperto bocca, poi Onofri, che mostra una qualche simpatia per lui, gli ha affidato il compito di introdurre *Candido* di Voltaire. È stata una settimana terribile. Non ha passato neanche un pomeriggio nella camera di Emilia. È rimasto in biblioteca fino all'orario di chiusura per precipitarsi in ritardo al lavoro. Si sforza di capire perché Onofri gli abbia attribuito proprio quel testo in cui sembrano agire marionette e non persone. Vuole mostrare che il mondo è in balia del caso, disseminato di disgrazie imprevedibili e la saggezza consiste nel lavorare e nel rinchiudersi nel proprio giardino? Pensa davvero che solo nel privato si possa trovare la felicità? Che bisogna abbandonare qualsiasi illusione sulla possibilità di cambiare qualcosa nel mondo? Intende in questo modo polemizzare con il Collettivo?

Ne parla il giorno prima del seminario con Emilia, che gli dà un consiglio: «Non sforzarti di capire cosa Onofri vuole da te, cosa vorrebbe che tu pensassi. Pensa e basta.»

Ma, per lui, capire cos'ha inteso Onofri scegliendo quel testo sarebbe molto più utile che farsene un'idea da solo. Comprendere attraverso di lui è proprio ciò che lo sta cambiando.

A proposito del finale del romanzo, la discussione tra Emilia e Carla è animata. A un certo punto sta quasi per degenerare. Si interrompono, alzano la voce e vengono sibilate a voce bassa parole come «idiozie», «stronzate». Da un po' di tempo il loro rapporto si è guastato. Arturo pensa che Carla sia gelosa del suo legame con Emilia, che le ha allontanate.

Nelle sue conclusioni, Onofri, invece di parlare del *Candido* e di prendere posizione nella disputa tra le due contendenti, discute la nozione di Illuminismo com'è trattata da Horkheimer e Adorno. Al momento del congedo, stringe la mano ad Arturo e gli dedica un sorriso che gli pare affettuoso.

Arrivato di corsa al night club, Arturo lo trova sbarrato da due poliziotti. Saputo che ci lavora, lo fanno passare. Dentro riconosce il commissario della sezione San Ferdinando, perché ogni tanto passa per il locale. Parla con don Carmine, mentre le ragazze e i camerieri rimangono in disparte assieme a qualche uomo in divisa. Manca solo Giuseppe, il buttafuori pretendente di Gloria, che è stato portato via accusato d'essere uno spacciatore. Stanno interrogando gli altri camerieri, ma sembrano escludere che possano esserci dei complici. Arturo, come di sicuro tutti là dentro, si è accorto che Giuseppe intratteneva traffici loschi. Certi clienti desideravano essere serviti solo da lui, altri entravano, gli parlavano e poi uscivano senza neppure consumare. Aveva anche notato che le visite al bagno di Giuseppe si erano moltiplicate spesso in coincidenza con quelle di alcuni clienti. Si era meravigliato che don Carmine facesse finta di niente. Naturalmente anche lui non dice nulla al commissario, che peraltro non mostra molta curiosità. Per quella sera il locale rimane chiuso. Poi si vedrà cosa fare.

Arturo, contento dell'incidente che gli concede una serata di libertà proprio dopo il suo seminario, si precipita da Emilia. Le amiche gli dicono che non è ancora tornata. Dev'essere rimasta a cena col gruppo. È già capitato che dopo il seminario si ceni tutti assieme. Arriva nella pizzeria a piazzetta Sant'Onofrio, che di solito frequentano, proprio quando Emilia e il professore stanno uscendo. Gli altri hanno disertato la cena. Arturo non se la sente di intromettersi, aspetterà che Emilia lo lasci. Non è riuscito ancora ad avere il suo giudizio sulla relazione del pomeriggio. Li segue senza perderli di vista fino all'Hotel Oriente, dove entrano entrambi. Emilia ne esce solo alle due di notte.

Arturo è rimasto tutto quel tempo davanti all'hotel appoggiato a un'automobile riflettendo su quello che le avrebbe detto una volta uscita. All'inizio non è riuscito a pensare. È stato sommerso dalle immagini di quei due che fanno l'amore. Onofri la sta padroneggiando con la sua autorità ed esperienza. Emilia, con lui a letto misurata e frettolosa, ora la vede piegata in pose oscene e scatenata in ansimi di piacere. Sapere senza guardare è terribile. La soluzione migliore gli pare quella di dirle: sono qui ad aspettarti da due ore. E poi non vederla più...

Impossibile. Frequentano le stesse persone e gli stessi posti, non può cavarsela con un disprezzo laconico. E poi di sicuro non gli basterebbe. Desidera troppo svuotarsi di tutta la rabbia e l'umiliazione che sente dentro di sé. Ma oltre a dirle che è una traditrice in maniera violenta e volgare, che potrebbe fare? Onofri, certo, non è bello, un cinquantenne con la pancetta e un inizio di calvizie, ma è comunque più colto, intelligente, importante e seducente di lui. Come non capire che lei ne subisce il fascino? È sposato: solo per questo Emilia è costretta ad accontentarsi della clandestinità? E poi cosa succederà dopo questa scenata che si accinge a farle? Si lasceranno e lui, assieme a lei, perderà le uniche cose interessanti che ci sono nella sua vita, il seminario, la tesi, Onofri? E anche se non dovessero lasciarsi, comunque tutto andrebbe perduto. Con che faccia potrebbero ritrovarsi tutti e tre assieme, nella stessa stanza? Ecco, tocca con mano la sua miseria. La sua donna lo tradisce e non può reagire, deve tenersi tutto dentro. Si commuove per quanto è disgraziato.

Quando Emilia esce dall'hotel, si nasconde dietro l'auto e poi la segue rimanendo a distanza finché non la vede entrare nel portone di casa.

Il giorno seguente, la rincontra a lezione. Non le dice neppure dell'incidente al night club. Si sforza di essere disinvolto senza però riuscirci, perché più volte Emilia gli chiede: «Che hai?» Accusa un mal di testa dovuto al poco sonno, cosa peraltro vera. Durante la lezione nota come Onofri spesso cerchi con lo sguardo lei, che ricambia seguendolo con aria incantata. C'è intesa tra i due, e non capisce come possa non essersene accorto prima. Ormai tende ad attribuire un senso, purché doloroso, a ogni minimo dettaglio, forse anche solo casuale. Alla fine della lezione rifiuta la proposta di accompagnarla a casa perché deve verificare in biblioteca alcune affermazioni della sua relazione. Lei pare sconcertata. Alle sette e mezza, benché il night club riapra solo la settimana successiva, la lascia con la scusa del lavoro. Se ne sta da sua madre col pensiero sempre a quei due fino alle nove e mezza. Poi non resiste e con cautela scende a verificare se sono alla solita pizzeria. Li trova. Li pedina fino all'hotel e attende che Emilia ricompaia più o meno alla stessa ora della notte precedente. La segue fino a casa e poi va a non dormire.

È tuttavia consapevole che non potrà evitare a lungo una resa dei conti in cui lei gli chiederà ragione di questo suo comportamento elusivo, strano. Fino a domenica potrà fingere di andare a lavorare. Lunedì e martedì sono i suoi giorni liberi, né ci sono lezioni importanti da seguire. Lunedì pomeriggio non potrà più accampare scuse. Due cose gli sembrano inevitabili: interrompere la storia con Emilia; senza però confessarle d'aver scoperto la sua tresca con Onofri. Il problema è trovare un'altra ragione plausibile. Non gliene viene in mente nessuna, anche perché vorrebbe non doverla lasciare. Sebbene lei lo tradisca, gli pare che stiano bene assieme. Che sarà la sua vita senza far l'amore con lei? Pensare poi che lei continuerà a farlo con Onofri incupisce la sua tristezza di rancore.

Lunedì pomeriggio si trovano finalmente nella camera di Emilia. Arturo cerca invano di apparire disinvolto. Non si è steso al suo fianco, resta seduto sulla sedia a parlare ancora di Voltaire, mentre lei dà segni d'impazienza. Dopo che hanno finito di passarsi lo spinello, Emilia si alza, lo prende per mano e lo trascina sul letto. Si spoglia sbrigativamente e inizia a spogliarlo senza che lui collabori. Lo bacia, lo stende sulle lenzuola, impugna il suo pene e si china a succhiarlo. Prima ancora che si irrigidisca, arriva l'orgasmo.

La défaillance l'ha fatto passare dalla parte del torto. Non può evitare, lui che ha tutte le ragioni del mondo, un imbarazzato tono di scusa. Sta vivendo un momento difficile, il loro rapporto si è usurato, forse è meglio che resti da solo per un po'. Si aspetta che protesti, che si dichiari avvilita all'idea di perderlo, si aspetta parole cui non avrebbe creduto ma che gli avrebbero fatto bene. Invece Emilia conviene che ha ragione, sarà meglio separarsi, se non per sempre almeno per qualche tempo.

Al momento del saluto sulla porta, lui le tende la mano in un gesto goffo che vorrebbe carico di senso. Lei scarta il suo braccio e lo stringe fraternamente. Arturo esce da quella casa come da una sconfitta, scoraggiato e solo.

Le settimane successive alla separazione sono state assai dure. Non ha ricordato più che all'inizio Emilia non gli piaceva, che era stato scelto piuttosto che averla scelta, che l'aveva considerata saccente, prepotente e poco sexy, che era scontento del loro amore. Ora il lutto per la sua perdita gli ha oscurato l'orizzonte della vita. Lo aspettano solo notti fredde, solitarie, senza luna. Neppure lo consola dirsi che il dolore prima o poi finirà, perché non riesce a concepire l'idea di potersi innamorare di un'altra donna.

Emilia all'inizio ha provato a conservare tra loro un minimo di confidenza. Lo saluta col bacio, gli si siede accanto, ha proposto di bere un caffè quando, da soli, si sono incontrati nel corridoio della facoltà. Arturo con silenzi e risposte imbarazzate le ha fatto capire che non gradisce. Si limitano quindi a trattarsi con una melanconica cortesia. Ma anche quando la scorge da lontano, si emoziona.

L'aiuta soltanto lo studio. Quando non lavora, è a lezione o in biblioteca. L'accanimento con cui si sta applicando sui libri gli consente di seguire le discussioni del seminario, anche se è ancora riluttante a intervenire. Sta portando avanti la tesi, migliorando il suo francese stentato grazie a continui ricorsi al vocabolario e a un quadernetto in cui appunta i termini che non conosce. La memoria, che già da bambino è stata la sua risorsa, si è rivelata ancora una volta fondamentale per capitalizzare le letture. Onofri sembra accordargli con piacere appuntamenti. All'inizio incontrarlo è stato doloroso. Non riusciva a fare a meno di pensare che quelle mani avevano accarezzato il sesso di Emilia e magari ne conservavano ancora l'odore. Ma si è sforzato, le loro conversazioni l'hanno preso. Si chiede come mai non abbia capito prima che leggere libri e discuterne è una cosa che gli piace tanto. Quanto tempo ha perso...

Ormai Carla ed Emilia si parlano a stento, e nel piccolo gruppo del seminario si sono creati due partiti, quello degli studiosissimi e quello dei pretendenti di Carla. Solo Lea, sebbene sia coinquilina di Carla, saluta sorridendo Emilia, con la quale può anche scambiare qualche battuta. È dotata di quella gentilezza non affettata che le viene dall'essere mite. Tutti gli altri tengono a marcare la divisione, anche per compiacere le loro rispettive cape. Dopo la separazione da Emilia, Carla non perde occasione per manifestare ad Arturo simpatia. Evidentemente l'ex fidanzato strappato alla rivale costituirebbe un bel trofeo.

Un lunedì Arturo propone a Carla di cenare assieme.

Dopo qualche discorso di circostanza, lei gli chiede a bruciapelo perché con Emilia si sono lasciati.

«Non andavamo più d'accordo. Mi ha aiutato molto all'inizio, ora volevo fare da solo.»

«Soprattutto, mi pare che fosse lei a voler fare da sola.»

«Che vuoi dire?»

«Da quando è comparso Onofri, è cambiata e l'abbiamo persa tutti.»

«Ha trovato in lui una guida. Sta studiando molto.»

«A me sembra che sia stato Onofri più che lo studio ad accaparrarsela. Per fare carriera è pronta a tutto.»

La relazione di Emilia con Onofri deve da tempo essere di dominio pubblico, solo lui non se n'è accorto. Chi sa cos'hanno pensato quelli del seminario. Si saranno presi gioco di lui? l'avranno compatito? disprezzato come compiacente?

Altro che gelosa del rapporto che Emilia aveva con lui. Carla vuole vendicarsi di non essere stata preferita dal professore. Ancora una volta, lui è solo uno strumento. I sentimenti e le emozioni di chi gli sta vicino lo schivano o rimbalzano sulla sua persona. Dovrebbe rinunciare a profittare delle avance di Carla perché non ne ha merito? O per rispetto di una donna che l'ha tradito e che dubita persino di avere amato? Accompagna Carla a casa e sotto il portone si baciano a lungo. Non gli propone di salire forse perché in casa troverebbero Lea e non vuole compromettersi?

È allora che Guido è ricomparso. Se lo è visto venire deciso verso di lui in ateneo, come se avessero un appuntamento. Non ha frequentato neppure una lezione, sebbene sia riuscito a superare il suo stesso numero di esami, per di più con voti migliori. Non sa nulla della vita universitaria, oltre al calendario delle prove. Arturo non ha resistito alla vanità di parlargli del seminario e di Onofri come del meglio che la facoltà offra. Per quanto sia difficile essere ammessi, ha promesso d'intercedere per lui.

Non vuole tuttavia chiedere a Emilia il permesso di portarlo e s'imbarazza a rivolgersi direttamente a Onofri. Tanto più per uno che ha visto due volte in vita sua e che in entrambe le occasioni l'ha umiliato. Ma proprio per questo, sente di doverlo fare.

Ha un appuntamento col professore per discutere il capitolo della tesi dedicato al progetto di costituzione scritto da Constant per Napoleone. Prima di congedarsi, gli chiede se può portare al seminario «un amico, molto bravo e interessato». Arrossisce. È consapevole di stare mentendo perché in realtà non sa nulla di Guido, ma bisogna pur motivare la richiesta. Onofri accetta subito. Sospetta che sia sempre così gentile con lui perché l'ha fatto cornuto, perché si sente in qualche modo in debito. Vorrebbe che tra loro non ci fosse stato questo incidente, avere la certezza di essere riuscito a conquistarsi la sua simpatia per meriti propri. Vorrebbe poter escludere almeno questi dubbi su se stesso.

Il seminario quel giorno è dedicato a *Delitto e castigo*. Arturo presenta Guido agli altri come un amico che non vede da tempo. Guido stringe la mano a tutti, creando un certo sconcerto perché in genere in questi casi ci si limita a un cenno del capo. Onofri come d'abitudine arriva dopo qualche minuto. Ancora una volta Guido ha una reazione inconsueta. Si alza, mentre tutti gli altri rimangono seduti sussurrando «Buongiorno». Si siede solo dopo che il professore si è accomodato. Arturo arrossisce per l'imbarazzo.

La relazione di uno degli amici di Carla non è brillante, si limita a poco più di un riassunto del romanzo. La discussione langue. Lea interviene per osservare come l'emarginazione sociale degli intellettuali possa generare megalomania. Cita anche *I demoni*. I supporter di Emilia non parlano, così da sottolineare la mediocrità della presentazione. È una delle tattiche con cui i due partiti si fronteggiano. La seduta sta per avviarsi a una conclusione precoce quando Guido chiede la parola. Arturo ha una fitta. La brutta figura a cui sta per esporsi ricadrà inevitabilmente su di lui.

«Raskòl'nikov è un'invenzione morale moderna. Si comporta come un giustiziere attribuendosi la prerogativa di uccidere in nome di un presunto bene superiore. Si trasforma nel destino per altri esseri. La sua è una pretesa tipica della modernità. Non è un diritto che l'uomo può arrogarsi. È un diritto che, come unica istanza umana, solo lo stato, attraverso le leggi, può esercitare. Dostoevskij valorizza come antidoto a tale aberrazione la coscienza, stimolata da Sonja, che si rivela più risolutiva ancora del giudice. Questa è la parte ideologica del romanzo, e forse è la più bella.»

Ha parlato quasi a bassa voce, senza alcuna enfasi. Alla fine dell'intervento tutti guardano Onofri, che sorride prima di parlare: «Il vostro compagno ha letto Benjamin e a ragione l'ha utilizzato in questo caso. Solo lo stato ha il diritto di porsi come il destino, e può farlo soltanto in nome delle leggi. A proposito della coscienza, io non la penso come lui né come quel grande scrittore cattolico e reazionario, contemporaneo di Dostoevskij, che considerava la coscienza un'invenzione dei laici per soppiantare la legge divina e la Chiesa. Credo con Kant e Dostoevskij che per la maggior parte delle persone la coscienza ha il potere di inibire il delitto. La paura della punizione non è mai potuta bastare a nessuna comunità evoluta che non sia sotto una tirannia.»

Con questo breve intervento la seduta si è sciolta. Quando ci si accinge a uscire, Onofri va verso il nuovo venuto e riprende il discorso.

«Tenga presente che, come nel caso di Sonja con Raskòl'nikov, nella vita sono spesso gli altri a fissare il nostro destino. Gli incontri possono cambiare radicalmente noi e il nostro futuro, alcuni si rivelano letali, altri si scoprono doni. Impersonare il destino per qualcuno dovrebbe sempre implicare un sentimento di responsabilità. Ma talvolta questo si rivela impossibile.»

«Se, oltre allo stato, neppure Dio si assume la responsabilità... capisco Raskòl'nikov.»

Onofri ride: «Bella pretesa quella di supplire a Dio.»

Allontanandosi insieme a Guido, Arturo gli chiede: «Hai letto recentemente *Delitto e castigo*? Hai avuto una bella fortuna.»

«Ma io non ho mai letto il romanzo. Mi sono basato solo sulla presentazione che ne ha fatto quel tipo.»

Arturo e Guido cominciano a vedersi quasi tutti i giorni. Hanno un appuntamento fisso alle undici in biblioteca e restano assieme fino a quando Arturo va a lavorare. Benché Guido sia piuttosto restio a parlare di sé, Arturo cerca di farsi raccontare qualcosa della sua vita. Alla fine, Guido si risolve a fargli una sorta di frettolosa voce d'enciclopedia con lo scopo evidente di non riprendere più l'argomento. Appartiene a una famiglia importante e decaduta della provincia. Il padre ha dilapidato il patrimonio con affari scombinati e gioco d'azzardo, dopodiché ha lasciato la madre, che si è messa assieme a un tipo ricco e volgare con cui Guido non vuole avere a che fare. Ha così trovato lavoro come segretario di un armatore, amico di suo padre. Questo lavoro non gli piaceva, e appena ha potuto l'ha abbandonato. La storia ad Arturo pare una di quelle che si raccontano alle ragazze per fare colpo, ma Guido continua a mettergli soggezione, e non osa dirglielo. Non gli chiede neppure se ha una fidanzata, un amore, amici. Se li ha, deve comunque frequentarli di sera, e neppure tutti i giorni, perché il lunedì e il martedì in cui è libero li passano assieme. Guido gli sembra ancora più solo di lui.

Carla spesso cena con loro. Le piace Guido, bello, sicuro di sé, sempre elegante con il collo della camicia celeste a quadretti che spunta sotto il pullover blu, i pantaloni di velluto beige, le giacche di tweed. Non assomiglia a nessuno dei loro amici. Arturo non ne è amareggiato, il suo legame con Carla non è andato oltre qualche bacio. Lei ha una singolare concezione dei baci. Non sono propedeutici ad altro. Ci si può fermare là. La sua bocca è una parte indipendente dal resto del corpo, non impegna oltre. Così il loro rapporto si è presto assestato in una familiarità cameratesca senza aspettative. Carla è bella ma non è il suo tipo, né tantomeno lui è il tipo di Carla.

A inizio maggio, Guido ottiene da Onofri l'argomento della tesi di laurea, il ruolo del diritto nel pensiero di Locke. Arturo ha constatato come l'intesa tra i due sia progressivamente cresciuta: si trattengono a chiacchierare alla fine delle sedute, li ha incontrati al bar da soli. Guido ha letto molti libri, però disparati, di filosofia, storia, arte, anche romanzi e poesie. Quello del diritto è l'ambito che ha meno frequentato. Da autodidatta, nelle scelte si è affidato al caso. Proprio questa varietà disordinata d'interessi contribuisce all'intesa con Onofri, che si diverte a mettere ordine nella sua testa.

Emilia, all'inizio, ha manifestato una franca antipatia verso Guido; a stento l'ha salutato e ha accompagnato i suoi interventi al seminario con smorfie di sufficienza. Poi, resasi conto del pericolo, ha provato a farci amicizia. Guido ha accolto con il solito distacco le sue iniziative. Arturo gli ha pronosticato che presto tenterà di sedurlo. Ma a Guido Emilia non piace, e non è il tipo da farsi scegliere controvoglia.

L'orario dell'impiego al night club, che ha consentito ad Arturo di seguire le lezioni, si sta rivelando insopportabile. Non solo gli riduce il sonno visto che alle undici vuole essere in biblioteca, ma soprattutto gli sottrae quasi tutte le sere della settimana, quando si svolge la parte più interessante di quella vita sociale che gli sfugge completamente. Cosa si è detto a cena dopo il seminario qualche volta lo viene a sapere perché glielo racconta Guido o, con più dettagli, Lea, che è sempre la più gentile. La sua inclinazione a sentirsi escluso finisce così per prosperare.

Continua a lavorare al night club, anche se dopo l'arresto del buttafuori spacciatore c'è stato un calo di clientela. Hanno arrestato pure il fidanzato di Roberta, che è risultato essere suo complice. Roberta è diventata nervosa, secondo gli altri camerieri non tanto per la mancanza del fidanzato ma per quella della droga. Ad Arturo continua a piacere molto nonostante o proprio per la sua aria scontrosa e irraggiungibile. Vorrebbe profittare della sua attuale solitudine, ma lei si mostra refrattaria a ogni approccio. Si stupisce dunque quando una domenica gli chiede se è libero la sera dopo. Sarebbero usciti insieme.

L'appuntamento è alle otto e mezza davanti al night club. Arturo arriva puntuale e gli tocca aspettare circa mezz'ora. Se ne sta per andare quando la vede scendere da un taxi. È vestita con un tubino nero corto, calze nere velate, i tacchi a spillo. Pettinata, truccata, profumata. È come non l'ha mai vista. Quasi si emoziona al pensiero che tutto quel lavoro sia stato fatto per lui.

«Dove posso portarti bella come sei stasera?»

«Da nessuna parte. Non ti preoccupare, ti porto io. Sono stata ingaggiata per cantare a una festa privata e non voglio andarci da sola. Tu mi accompagni e stasera fai il mio fidanzato.»

«La parte mi piace. Ma dove andiamo?»

«Non lo so. Dovrebbero venirci a prendere alle nove qui davanti.»

«Allora perché mi hai detto di venire alle otto e mezza?»

«Che ne sapevo che eri puntuale...»

Una Jaguar si è fermata davanti a loro ed è sceso un tipo in cui Arturo ha subito riconosciuto l'uomo che era con Guido la sera del loro incontro nel locale.

L'auto, diretta verso Posillipo, si ferma davanti a un alto cancello che, spalancatosi come per incanto, li ha introdotti in un lungo viale al termine del quale si trovano di fronte una villa rossa a picco sul mare. Un cameriere in giacca bianca e guanti li accompagna fino al salone dove chiacchierano una decina di persone. Quello che deve essere il padrone di casa, seduto al centro del divano, fa segno di avvicinarsi. È un uomo tra i quaranta e i cinquanta in doppiopetto blu, la camicia a righe sbottonata, pantaloni bianchi. Arturo è colpito dalle sue pesanti scarpe bicolori. Parla con quella inflessione sforzata e aspra, la voce quasi roca proveniente dalla gola, che risuona spesso nelle sale dei circoli nautici napoletani.

«Un amico mi ha detto che canti bene. Sentiremo. Sei anche una bella ragazza, il che non guasta. Questo è il tuo fidanzato? Che fa nella vita oltre che il tuo fidanzato?» Parla lentamente accentuando la cadenza dialettale come per abbassarsi fino a loro.

«È studente.»

Roberta ha preso la mano di Arturo per chiedergli di portare pazienza.

«È arrivato pure il pianista. Andate a prepararvi prima di avviarci a tavola.»

Gli ospiti sono un miscuglio di persone che si potevano incontrare solo in quanto invitate dal padrone di casa. Due uomini devono essere suoi amici per come sono vestiti e si muovono disinvolti nel salotto. Ci sono poi due ragazzi dall'aria viziosa, e tre belle ragazze in abiti attillati che sottolineano il meglio di quanto promettono.

Il pianista lavora anche lui nel locale, e con Roberta si sono subito intesi per decidere la scaletta. A tavola, il padrone di casa vuole Roberta alla sua destra, mentre Arturo viene spedito in fondo, vicino a un ragazzo con le ciglia finte e a una ragazza scollacciata.

All'altro capo, il padrone di casa ricorda le canzoni preferite e dà l'attacco a piccoli coretti che si fermano a metà tavolo. Così Arturo può ascoltare la conversazione dei suoi vicini.

«Non sono mai venuta qui. Ma che si fa?»

«Anch'io non ci sono mai venuto, ma l'amico che mi ha portato mi ha detto che si sniffa e si fotte.»

«A lui piacciono le donne o i ragazzi?»

«Più i ragazzi. Ma gli piace anche guardare quelli che scopano. E poi ci sono i suoi amici...»

«Quanto ti danno per questa sera?»

«Centomila lire, più la cena e la coca. Poi se proprio gli piaci ti fa anche un regalo. L'altra volta dette dei cazzetti d'oro. E a te?»

«Anche a me centomila. Speriamo solo di non fare troppo tardi.»

Il padrone di casa, che gli amici chiamano Ammiraglio, chiede a Roberta come prima canzone *Je t'aime... moi non plus.* Poi Roberta con la sua vocina intonata attacca il repertorio che ha preparato col pianista. Comincia con *La Javanaise* guardando con aria complice Arturo. Poi intona *My Sweet Lord* di George Harrison e *Imagine* di John Lennon, per passare a canzoni dei Beatles alternandole a quelle di Battisti, Mina e Vanoni. Ballano. L'Ammiraglio tira a sé soprattutto i ragazzi, se li stringe, se li bacia, mima pose sconce. I suoi amici si danno da fare con le ragazze che presto restano senza gonna. Sul tavolino compaiono un paio di specchi attraversati da strisce di cocaina. Arturo resta seduto in poltrona, non beve, è immobile, come se occupasse uno spazio estraneo a quello della festa. Non fa altro che guardare Roberta per rassicurarla. Ma lei sembra più tranquilla di lui.

Viene organizzata una gara di striptease. Si alternano

uomini e donne al ritmo di *Lady Marmalade*. L'Ammiraglio vuole che a giudicare sia Arturo. La vincitrice o il vincitore riceverà come premio un ciondolo d'oro che raffigura un piccolo pene. Le strisce di cocaina vengono continuamente rimpiazzate. Roberta canta ma nessuno balla più. Si sono formati gruppi sui divani e sul tappeto che si uniscono in varie combinazioni. Vestiti del tutto sono rimasti soltanto in tre, Arturo, Roberta e il pianista. L'Ammiraglio a torso nudo viene a sedersi sul bracciolo della poltrona di Arturo: «Dai, spogliatevi anche tu e la tua fidanzata. Venite con noi.»

«No, non siamo capaci. Mi creda, non insista.»

«Vi do centomila lire in più a tutti e due.»

«Lasci perdere. Ha tanto da fare qui... Ci lasci perdere.»

«Non essere geloso. Facciamo che te la scopi solo tu la tua fidanzata. Io vi guardo.»

«Senta, io sono timido. Non sono capace. La prego, mi lasci stare.»

«Vediamo se la tua fidanzata è d'accordo.»

Si alza e interrompe *Innocenti evasioni* che Roberta sta cantando imperturbabile.

«Il tuo fidanzato non vuole scoparti qui. Vi davo duecentomila lire. Ma se tu ti scopi un altro, te ne do trecento.»

«Ma io non mi scopo un altro.»

«E se ti spogli nuda te ne do cento.»

Roberta ci pensa: «Ce le dai subito e poi ce ne andiamo?»

«D'accordo.»

Il pianista attacca *Cabaret*. Tutti s'interrompono e si mettono a guardare. Lei si disfa lentamente del vestito che cade ai suoi piedi, non ha il reggiseno. Si sfila le calze, una alla volta, lentamente, seduta su un pouf. Si alza e passeggia per la stanza ancheggiando prima di togliersi gli slip esitando ad arte. Resta sui tacchi alti, bellissima, lo sguardo spavaldo, i capezzoli dritti che spiccano sulla cima dei piccoli seni, i fianchi stretti che oscillano ritmicamente. Si volta di spalle, le mani sui fianchi per mostrare il culo insorto sulle lunghe gambe. Ondeggia, muove le mani. Si gira, alza un braccio, piega un ginocchio, accenna un passo di danza, gira su se stessa un paio di volte. Tutti sono fermi a guardarla. Applausi. Fa un inchino. Riprende i vestiti e va a rimetterseli nell'ingresso.

Arturo è arrossito. Si guarda le scarpe.

L'Ammiraglio si allontana anche lui. Torna in vestaglia, mentre i gruppi hanno ripreso le loro manovre.

«Seguitemi per i pagamenti.»

Arrivano nello studio tutto tappezzato di belle rilegature.

Si siede alla scrivania.

«A te debbo duecentomila lire. Cento per le canzoni e cento per il numero. Il tuo fidanzato non ha fatto niente. La prossima volta, se vuoi venire, o smette di fare il guardiano o non te lo portare. I gelosi mi piacciono solo quando soffrono.»

Arturo, imbarazzato, ha spostato lo sguardo su un tavolino. Gli cade su una foto incorniciata dell'Ammiraglio con un giovane che ha la faccia di Guido. Si avvicina per vedere meglio.

«Lo conosci?»

«No. Non l'ho mai visto.»

«È un mascalzone che mi ha piantato e si è portato via il mio cuore.»

Una volta sul taxi, Roberta insiste per dargli cinquantamila lire, ma Arturo è irremovibile, non vuole prenderle.

«Mi dispiace. Ti ho fatto perdere una serata in mezzo a questi scemi. Non me la sentivo di andare da sola. Sei stato proprio gentile.»

«Ti capitano spesso serate così?»

«No, per l'amor di Dio. Anche se un paio al mese mi metterebbero a posto. Non erano pericolosi. Hai sentito l'Ammiraglio: "Si è portato via il mio cuore." Gratta gratta e sotto questi perversoni trovi il cuore di una signorinella.»

«Tu certo una signorinella non lo sei. Non ti sei spogliata. Hai fatto un numero.»

«Mi hanno pagato. Che volevi che facessi... veramente?»

Giugno è il sabato dei mesi, quello in cui ci s'innamora più volentieri. Si è innamorato di Roberta, come non gli è capitato prima di nessun'altra, anche perché non ha incontrato donne che le assomigliassero. Gli piace il suo corpo molato, quasi infantile, a cui sogna d'intrecciare il suo, l'aria sfrontata, la voce sottile. Gli piacciono le poche parole che dice, le sue canzoni e come le canta, gli abiti sempre sobri e neri, gli piace *Rive Gauche*, il suo profumo così diverso dal patchouli di cui odorano le sue amiche. Gli piace tutta. Le altre ragazze aspettano il futuro, si preparano, Roberta dà invece l'impressione di vivere i giorni come vengono. Non è riuscito a sapere molto di lei. È cresciuta nella periferia orientale, il padre operaio, la madre a casa, due fratelli più piccoli, e se ne è andata via a diciott'anni con quel tipo che ora è in carcere. L'ha poi lasciato, anche se lui ha continuato a starle appresso. Arturo prova anche con lei un sentimento che assomiglia alla soggezione. Gli sembra talmente più adulta e coraggiosa di lui, una che da quand'è piccola è abituata a farsi rispettare. Che non ha paura.

Dopo la sera dall'Ammiraglio s'è creata una certa intimità tra loro. Quando Roberta non canta né s'intrattiene coi clienti, si cercano. Ma lei continua a rifiutare gli inviti a vedersi fuori. Arturo allora s'è inventato un compleanno da festeggiare di lunedì, quando il locale è chiuso. Ci sarebbero state a cena solo le persone intimissime. Ci riflette un attimo, poi accetta. Perché non sia scoperto l'inganno, istruisce Guido, Carla e anche Lea, così da non sembrare due coppie.

Le sere alla sera non sono tutte uguali. È una serata magnifica, come possono esserlo solo le lunghe sere di giugno che dal cielo scendono lente come un balsamo. La luna piena si posa confidenzialmente su piazza Dante. Gli amici sono complici, evitano discorsi su argomenti che a Roberta sono estranei, le danno da parlare, anche se lei è sempre laconica nelle risposte. Ridono. All'uscita dalla pizzeria si separano e Arturo s'incammina con Roberta per accompagnarla a casa in una traversa di via Tribunali. Gli sembra ancora più bella, la sera le dona. Gli sale l'ansia perché non gli capiterà un'occasione migliore di questa. Non sa come rompere il silenzio, guarda la luna.

«Forse perché ci incontriamo solo di sera. Ma quando vedo la luna penso sempre a te.»

«Quando ci pensi, sta' attento a dove metti i piedi.»

«Lo avrai capito che mi sono innamorato di te?»

Per un po' tace, e poi: «Così sembra.»

«E tu che dici?»

«Che non è cosa.»

«Perché?»

«Perché io non sono la donna giusta per uno come te. Tu adesso ti laurei, hai una carriera davanti. Che c'entro io.»

«C'entri, c'entri, se solo vuoi entrarci.»

«Arturo, io non sono la donna per te. Tu... sei troppo buono per me.»

«Invece ti piace il fidanzato carcerato?»

«Quello è un coglione. Mi serviva e non avevo alternative.»

«E io non ti posso servire? Sono pronto.»

«No, non capisci... Ti farei solo male.»

«E fammi male... per la miseria.»

Scoppiano a ridere entrambi.

Tutti i ricordi degli amori passati sono stati cancellati d'un tratto. Con lei è un'altra cosa. La guarda, la guarda sempre. I suoi sguardi la coprono come un'edera. Quando fanno l'amore non smette mai di guardarla. Dopo, lui le carezza la nuca, lei si addormenta lungo il suo corpo.

Quando escono invece, non si toccano. Le ha raccontato la sua vita nei dettagli, come non aveva mai fatto prima. Lei lo ascolta guardando il soffitto.

Dopo una settimana, Arturo si trasferisce nell'appartamento di Roberta, in un immobile di una sporcizia risalente ad almeno quattrocento anni prima. Una stanza ingombrata dal letto, il tavolo, tre sedie, l'armadio e il mobile sul quale sono impiantati giradischi e casse. Assi sospese reggono una bella collezione di dischi. Di fianco alla porta d'ingresso c'è il cucinino, attraverso il quale si accede a un bagno angusto. Dalla finestrella non arriva mai il sole.

Le loro vite combaciano come due pezzi predisposti all'incontro. Di notte arrivano assieme a casa, dormono stretti nel letto a una piazza e mezzo, da cui Arturo si leva a stento dopo cinque ore di sonno per andare in biblioteca. Alle due del pomeriggio Roberta lo raggiunge al bar, poi si ritrovano per andare assieme a lavorare. Nel locale, non si parlano perché lei non vuole che il loro rapporto sia ufficiale, benché tutti ormai lo abbiano capito. Il lunedì e il martedì sono giorni di festa. Lui continua ad andare in biblioteca, però la sera cenano in pizzeria, spesso insieme a Guido, Carla e qualche volta Lea. Con Guido si è sviluppata una certa familiarità. Pur non essendo per nulla civetta, Roberta è il tipo che lega di più con gli uomini, perché non le interessano molte delle cose che importano alle donne.

Le ha dato da leggere *Adolphe*, perché gli ha chiesto chi fosse questo Constant che sta studiando. Il romanzo le è piaciuto ma ha concluso che Ellénore è una pizza e Adolphe un fighetto. Finora le sue letture preferite sono state i romanzi del ciclo di *Angelica* dei coniugi Golon. Sebbene non abbia letto molti romanzi neppure lui, Arturo le ha spiegato che c'è di meglio. Le ha passato *Cent'anni di solitudine*. Roberta non ci si è raccapezzata. Si ricorda che la professoressa del liceo ha raccomandato *Il rosso e il nero*. Julien Sorel le è piaciuto.

Poi è venuta l'estate. Don Carmine ha concesso al personale quindici giorni di ferie a inizio agosto mentre si fa pulizia e si rinnovano gli arredi. In questo periodo il locale sarebbe stato comunque poco frequentato. Già da giugno Arturo e Roberta passano alcune mattine in un lido di Posillipo. Arrivano insonnoliti verso le nove e se ne tornano intorno all'una. Per la maggior parte del tempo Arturo, seduto sulla sdraio, sonnecchia interrompendo una lettura mentre Roberta dorme distesa all'ombra. Non vuole abbronzarsi. Ha la pelle chiara e delicata, e qualche neo sulla schiena. Non si parlano né si toccano. Fanno insieme un paio di nuotate fino al largo. Arturo ha sempre l'impressione che tutti la guardino. Non solo donne e uomini colpiti dal due pezzi minimo annodato sui fianchi di quella bella addormentata, anche i bambini più piccoli le si avvicinano, e i gatti vengono ad annusarla strofinandosi contro le sue gambe.

Gli altri giorni Arturo si installa dalle dieci e mezza in biblioteca. Prima di uscire porta il caffè a letto a Roberta, che spesso però non accetta di svegliarsi. Lo striminzito appartamento in cui vivono è molto caldo. Arturo non sa come passi le giornate prima delle sei del pomeriggio, l'ora dell'appuntamento. Non va dalla sua famiglia, con cui ha interrotto ogni rapporto, e non le conosce amiche. Più volte gliel'ha chiesto, senza ottenere risposte. Ha capito che quelle domande la infastidiscono.

Ad agosto stavano pensando a un campeggio in Cilento, non lontano dalla casa di Carla, quando Guido ha proposto di condividere un appartamento a Ischia Ponte che un amico milanese gli ha offerto per quel periodo. La casa ha un terrazzino sul mare da dove si vede il Castello. Là hanno fatto colazione al mattino, il pomeriggio Roberta ha dormito e Arturo e Guido hanno studiato per un esame, la sera cenato. Di notte, nella loro camera, quando fanno l'amore cercano di non fare rumore. Guido e Roberta s'intendono bene. Guido, di solito restio a interessarsi al prossimo, mostra curiosità nei suoi confronti. Prendendola un po' in giro, riesce a forzare il suo mutismo, a tirarla dentro la conversazione. Sembra invece insensibile al fascino di Roberta, che gira seminuda per l'appartamento. Arturo si è convinto che a lui piacciono soltanto i ragazzi, anche se non gli ha fatto nessuna confidenza e non ha mai tradito una qualche attrazione che lo facesse indovinare. Anche su questo punto è reticente e non se la sente di forzarlo.

Una sera il figlio di un albergatore del Porto, conoscente di Guido, li ha invitati a cena in albergo. Un bell'uomo con qualche anno in più di loro, spiritoso, sicuro di sé fino alla sfrontatezza. Per tutto il tempo ha fatto la corte a Roberta, incurante della presenza di Arturo che pure era stato presentato come il suo fidanzato. Arturo non sapeva se arrabbiarsi o sorridere. Si è sentito superfluo, uno di cui si poteva non tenere conto. Roberta non è apparsa turbata e neppure lusingata. Ha risposto laconica e però disinvolta senza registrare l'insolenza, come se quegli apprezzamenti non fossero rivolti a lei. Guido ha provato a cambiare discorso, il tipo tuttavia non defletteva. Allora Arturo ha tagliato corto accusando un mal di capo. Incamminandosi verso casa tutti e tre in silenzio, Roberta, che detesta ogni espansione in pubblico, si è attaccata al suo braccio. La consolazione gli ha fatto piacere ma anche confermato che tra loro due è lei la più forte.

Nonostante quella serata, Arturo ricorda ancora i giorni di Ischia come i migliori della sua vita.

Al ritorno a Napoli hanno ripreso a lavorare nel night club. Stessi ruoli e stessi orari. Arturo e Guido si trovano la mattina in biblioteca e la sera del lunedì e del martedì per una pizza e un film all'ultimo spettacolo. Roberta non manca mai. Se scelgono un cinema al Vomero o a Posillipo, al No o dal greco di via Tasso, montano in tre sulla Vespa di Guido, Roberta in mezzo, Arturo con la testa nella piega del suo collo ad aspirarne il profumo. A volte si unisce alle loro serate anche Lea, che ha il fidanzato a Bari. Carla invece sta con un avvocato napoletano che non ama la loro compagnia.

A fine ottobre è ricominciato il seminario in forma semiclandestina. Senza cartelli che lo annuncino, i frequentanti dell'anno precedente si trovano dandosi appuntamento al telefono, coordinati sempre da Emilia. Il clima in facoltà è peggiorato ancora. Il Collettivo minaccia occupazioni e convoca assemblee quasi quotidiane; in varie occasioni hanno attaccato il seminario come un luogo di discriminazione meritocratica.

Rispetto all'anno precedente, relazioni e discussioni sono migliorate. Un po' i partecipanti hanno più coraggio a intervenire, un po' sembrano maturati. Adesso sono loro a proporre a Onofri i libri di cui discutere. La presenza di Guido ha liquidato la rivalità tra Emilia e Carla, una volta che non possono più contendersi il favore del professore. Guido cena spesso da solo con Onofri, che gli ha proposto di darsi del tu scandalizzando e ingelosendo l'intero seminario.

Di quell'anno Arturo ricorda spesso la vigilia di Natale, quando ha invitato Roberta a cena da lui. La madre ha preparato spaghetti a vongole, capitone, cassata. Lui è arrivato prima, con una bottiglia di spumante, per aiutarla a cucinare e apparecchiare. Durante l'attesa di Roberta, c'è stata tra madre e figlio un'allegria insolita perché, morto il padre, in quella casa non si sono fatte più feste. La madre non ha mai visto Roberta, è curiosa ed eccitata. La chiama «la tua fidanzata» nonostante lui protesti contro questa definizione, spaventato che possa ripeterla in presenza di lei. Roberta arriva vestita con un abito nero elegante, sproporzionato per quella circostanza, al collo un filo d'oro con un grosso ciondolo, le scarpe coi tacchi che la fanno più alta di lui. La madre si è messa in soggezione, non se l'è più sentita di fare le domande che avrebbe voluto. Ci sono stati lunghi silenzi. Anche Arturo è rimasto deluso. Sperava che la cena cementasse il loro rapporto e gli desse un crisma d'ufficialità. Ma Roberta vive le cose una alla volta, non in sequenza. Il presente non presuppone il futuro. Solo dopo ha capito che quella cena era un presagio.

A fine aprile, Onofri è stato costretto a sospendere le trasferte a Napoli. Quelli del Collettivo hanno interrotto le sue ultime lezioni, l'hanno minacciato in cartelloni attaccati ai muri della facoltà. L'hanno chiamato «l'avvelenatore dei pozzi del sapere», «lo strumento del regime per selezionare le élite studentesche e convertirle all'obbedienza». L'hanno preso di mira come fosse un rivale, più ancora che un nemico. Si è saputo infatti che ad alimentare la persecuzione è l'altro professore di Filosofia del diritto. Luciani ha fatto tutta la sua carriera in sede all'ombra d'un maestro potente e, una volta che il capo è andato in pensione, s'aspettava di prenderne il posto per una sorta di eredità naturale. Il consiglio di facoltà ha invece chiamato Onofri da Oxford per chiara fama. Luciani, che lusinga il Collettivo con comparsate alle assemblee e praticando con i membri un tu generalizzato, probabilmente li istiga contro il rivale nella speranza che per paura se ne vada da qualche altra parte, lasciandogli la cattedra. Il rettore ha consigliato a Onofri di non sfidare questi violenti, di starsene per un po' in disparte. Onofri sembra soffrire quanto loro dell'allontanamento. È comunque riuscito a ottenere dal ministero tre borse di studio estive di due mesi, una a Oxford per Guido, l'altra a Heidelberg per Emilia, e la terza a Parigi per Arturo.

Accettarla vuole dire abbandonare il lavoro. Don Carmine non l'avrebbe aspettato per due mesi. Che prima o poi avrebbe dovuto lasciare il night club, Arturo l'ha messo in conto. Il problema è Roberta. Non solo non se la sente di separarsi per tanto tempo, soprattutto teme che questo comporterebbe la fine della loro storia. Una volta rimasta sola, Roberta non avrà nulla nella sua vita che rimandi a lui, e lei vive solo nel presente, senza ricordi né progetti. La sua immagine evaporerebbe come un sogno.

Due avvenimenti, tuttavia, hanno modificato la situazione. L'ex fidanzato di Roberta sarebbe uscito di prigione a fine luglio. Si sono lasciati da tempo ma di sicuro chiederebbe ragione alla sua maniera. Roberta si preoccupa soprattutto per Arturo. Partire per due mesi consentirebbe di evitare il primo impulso, che in un balordo è spesso il più pericoloso. Nel frattempo, al night club è avvenuto qualcosa che ha cambiato il loro rapporto con quel lavoro.

In una calda sera d'inizio luglio tre uomini, uno sulla quarantina, gli altri due più giovani, hanno occupato un tavolo vicino all'orchestra che era riservato. Quando il cameriere l'ha fatto notare si sono messi a ridere e hanno chiesto del principale. Dopo essere andato al tavolo, don Carmine ha raccomandato ai camerieri di stare calmi. I tre hanno chiesto una bottiglia di champagne e frutti di mare. Gloria aveva appena cominciato una canzone quando l'hanno interrotta urlando che non sapeva cantare. Don Carmine è tornato da loro e il più vecchio, alzandosi e mettendogli una mano sulla spalla, l'ha invitato a sedersi al tavolo. Va a cantare Roberta. Intona con voce bassa e sensuale *Night and Day*. Ondeggia. Uno dei due giovani sta per dar voce a una nuova rimostranza ma viene bloccato brutalmente dal più anziano. Alla fine del brano, sempre il capo s'alza in piedi e applaude urlando: «Brava.» Gli altri due lo seguono. Roberta s'inchina con un sorriso e attacca una canzone dei Beatles ottenendo la stessa rumorosa reazione. Va avanti così per altre tre canzoni, prima della pausa. Quando scende dal piccolo palco, è invitata da don Carmine stesso al tavolo dei tre. L'anziano fa alzare uno degli scagnozzi e la fa sedere accanto a sé, le offre un bicchiere di champagne. Inizia a parlarle e le mette una mano sulla coscia. La mano sale sotto la gonna, su, verso l'inguine. Prima che ci arrivi, Roberta si alza per tornare a cantare. Arturo ha seguito tutta la scena. Ancora una volta non sa che fare. Il più anziano dei tre, manifestamente il capo, parla fitto con don Carmine, che dopo un po' si alza. Si dirige verso il suo piccolo ufficio dietro il banco del bar e passando dice ad Arturo di seguirlo.

Chiude la porta. «Non ti preoccupare per Roberta. Ci penso io. Tu però devi andare a casa mia a prendermi delle carte. Devo urgentemente fare i conti.»

Arturo lo guarda perplesso.

«Muoviti. Non c'è tempo da perdere. Non ti preoccupare, non c'è nessun pericolo qui. Credimi. Sapessi quante ne ho viste in vita mia.»

Gli dà l'indirizzo e diecimila lire per prendere un taxi. Abita a San Giovanni, nella periferia orientale.

Arturo corre verso il taxi, vorrebbe tornare al più presto. Quegli uomini sono pericolosi e il comportamento di don Carmine non lo rassicura per nulla. È avvilito perché ancora una volta non sarà lui a difendere Roberta, che dovrà cavarsela da sola o con l'aiuto di don Carmine. Avrebbe dovuto prenderla e andarsene subito via dal locale. Si accusa di non averne avuto la prontezza. Arriva finalmente davanti a quella che deve essere stata una villa e ora è un immobile fatiscente inglobato da poveri palazzi più recenti e ancora più cadenti. Paga la corsa e chiede al tassista di attendere. Farà presto. Sale al secondo piano dove gli apre la porta la moglie di don Carmine, una cinquantenne con i capelli biondi ancora piacente. Le chiede i documenti per correre subito al taxi. Ma lei dice di non averli ancora trovati e lo fa entrare in casa.

«Non state all'in piedi. Accomodatevi. Che cosa vi posso offrire?»

Inutilmente protesta. Accetta per tagliar corto un bicchierino di brandy mentre lei si allontana per andare a cercare le carte.

Dopo un quarto d'ora, Arturo, disperato, decide di non aspettare più e di andare via. Si affaccia alla finestra e scopre che il tassista non c'è, preoccupato di aspettare di notte in una periferia pericolosa della città. Per farne arrivare un altro ha bisogno del telefono. Chiama la donna, ma inutilmente. Si inoltra nell'appartamento senza trovarla. Sale al piano di sopra, dove ci sono le camere da letto. Continua a chiamarla. Finalmente esce da una stanza con dei fogli in mano. Annunzia però che non sono ancora tutti. Ormai è certo che abbiano ordito una congiura per tenerlo lontano dal locale. Arturo, furioso, li prende e dichiara che non aspetterà più. Chiede di poter fare una telefonata.

«Mi spiace, ma il telefono è guasto. Siamo completamente isolati da due giorni.»

«Non ci credo... Vi prego, tirate fuori il telefono. È una questione di vita o di morte.»

Ormai non si contiene più. Avanza minaccioso.

La donna, impaurita, lo rassicura: «Lo vado a prendere.» Torna sui suoi passi e si chiude a chiave nella stanza. Lui inutilmente sbatte i pugni contro la porta di legno massello.

Arturo gira per casa alla ricerca di un apparecchio telefonico. Finalmente lo trova in cucina, ma dalla cornetta esce solo il suono insistente d'occupato. La donna deve aver staccato il telefono. Lanciarsi per strada in piena periferia a quell'ora per trovare un taxi sarebbe inutile. A piedi ci metterebbe almeno un paio d'ore ad arrivare al locale. Non gli resta che aspettare quando decidono che possa tornare. Si siede in poltrona e comincia a piangere. Beve un altro bicchiere di brandy.

È quasi ubriaco quando un'ora dopo lo raggiunge la moglie di don Carmine con un mazzo di fogli ad annunziargli che il telefono si è ripreso e ha potuto chiamargli un taxi.

Arriva nel locale mentre gli ultimi clienti stanno andando via e i camerieri mettendo in ordine. Roberta non c'è. Don Carmine lo aspetta nel suo ufficio.

«Grazie per i documenti. Non è successo niente di grave. Ho mandato a casa Roberta dicendo che non si sentiva bene perché davvero non si sentiva. Sarà stata l'emozione. Le donne sono sensibili. Dopo un po' se ne sono andati.»

«Vado a casa anch'io, e sperate che davvero sia andata così.»

«Arturo, tu sei un bravo ragazzo... Certe cose non si pensano neppure.»

Arturo trova un taxi sul lungomare. Sale di corsa le scale. Entra senza far rumore. Roberta è a letto. Non ha il respiro di quando dorme, ma non si muove per accoglierlo. Le si avvicina piano, s'inginocchia accanto, le loro tempie quasi si toccano.

«Che è successo stasera?»

«Niente.»

«Come "niente"?»

«Non mi sono sentita bene e me ne sono andata.»

Arturo capisce che è inutile insistere. Si spoglia e si distende accanto a lei. Riesce a dormire giusto un paio d'ore, verso le otto.

Aperti gli occhi, aspetta nel letto senza muoversi per paura che Roberta si svegli. Verso mezzogiorno prepara il caffè ma lei ha ancora nausea e non ce la fa ad alzarsi. Cerca di ottenere spiegazioni, ma lei non cambia versione. Né la cambierà nei giorni a venire. Rimane a casa tutto il fine settimana accusando una malattia, e per una decina di giorni non vuole fare l'amore con Arturo.

Al night club non è riuscito a sapere nulla di più né da don Carmine né dagli altri camerieri. Solo Gloria gli ha detto che, poco dopo la sua partenza, Roberta ha ballato un paio di lenti con quel tizio che le stava addosso. Poi si è chiusa nell'ufficio con don Carmine. Quando è uscita, sembrava molto arrabbiata. Se ne è andata e dopo un quarto d'ora i tre se ne sono andati via anche loro senza pagare. Il tipo era un pezzo da novanta della camorra e gli altri due suoi guardaspalle. Infine, ha aggiunto accompagnando la frase con uno sguardo malizioso: «Chi sa se poi si sono incontrati fuori...»

Roberta non gli dice nulla né mostra risentimento verso di lui, che non l'ha difesa. Lo vuole risparmiare perché è più debole? Non lo considera abbastanza parte della sua vita da condividere con lui quel che è successo? In compenso ha accettato di accompagnarlo a Parigi.

Arrivano a Parigi il 2 agosto. Grazie a un'associazione studentesca, s'installano in un appartamento dove ci sono già due studenti del Nord Italia. Abitano nel XVIII arrondissement, a Simplon, in una sorta di enclave slava di un quartiere prevalentemente arabo. Nessuno dei due è mai stato all'estero. Arturo ha passato qualche giorno a Roma e a Firenze, Roberta da bambina è andata in gita scolastica a Loreto. Per una settimana passeggiano, si orientano nel métro, scoprono al supermercato i cibi francesi. Arturo la porta al Louvre, dove gli sembra che lei si emozioni davanti alla *Gioconda*. Poi lui torna ai suoi ritmi di studio in biblioteca. Arriva puntuale a rue Richelieu alle nove del mattino per potersi scegliere il posto e smonta alle sei di sera, l'orario di chiusura estiva. Roberta si mette alla ricerca di un lavoro e dopo appena un paio di giorni viene presa come cameriera in un ristorantino italiano del Faubourg-

Montmartre. Il lavoro non è male, i colleghi simpatici, il titolare alla mano, la paga settimanale discreta. Resta però fuori la sera fino all'una di notte proprio quando lui è libero. Si mette quindi a cercare un altro lavoro che sia compatibile con gli orari di Arturo. Ci riesce quasi subito grazie a un cliente del ristorante. Una raffinata signora ha appena aperto al Marais una boutique di moda femminile molto elegante. Benché parli un francese con un lessico meno che elementare e un inglese appena migliore – lasciti entrambi delle canzoni – Roberta viene scelta tra varie pretendenti. Ha una bellezza e un modo di fare ideali per lavorare nella moda, ha un fascino moderno.

A fine settembre Arturo ha quasi completato la sua tesi e Roberta è capace di reggere una conversazione in francese molto meglio di lui, che non ha fatto pratica. Per una tacita complicità, non hanno parlato del ritorno come se quel soggiorno non dovesse finire mai. Li ha sottratti a questo incanto l'agenzia, chiedendogli in quale giorno hanno intenzione di liberare la stanza. Arturo percepisce l'imbarazzo di Roberta. Prova a dare per scontato che sarebbero partiti assieme. Ma lei continua a tacere.

«Non vuoi tornare?»

«Sto meglio qui che a Napoli in quella stanza piena di pulci e in quel locale schifoso.»

«Ma io devo tornare e non so se riuscirò a venire di nuovo qui.»

«Cerca di tornare. Ti aspetto... per un po'.»

Il 5 ottobre, Roberta lo accompagna alla Gare de Lyon. Arturo sa che, per come è fatta lei, il loro amore sta finendo.

Torna a dormire a casa di sua madre e a studiare nella biblioteca della facoltà, che dopo essere stato alla Bibliothèque nationale vede con altri occhi. A Napoli non trova nulla che lo consoli. Onofri arriverà solo a fine ottobre per ricevere i laureandi, chiuso nel suo studio. È stato sostituito agli esami da un paio di colleghi più giovani. Guido è ancora a Oxford. Incontra qualche volta Carla e Lea, che hanno passato l'estate a casa a scrivere la tesi. Anche loro non sembrano di buonumore. Al bar trova Emilia, che lo accoglie con un sorriso e avvia una conversazione. È contenta della tesi che ha scritto ma le è costata molto. Ha passato un'estate desolata a Heidelberg, dove non ha trovato neanche un amico. Quando chiede com'è andata a lui, Arturo reprime a fatica il desiderio di dirle quanto sta male.

Deve trovare al più presto una qualche forma di reddito. Don Carmine l'ha accolto affettuosamente, ma non può offrirgli un lavoro. Il locale va male ed è stato costretto a licenziare due camerieri. Ormai i giovani preferiscono le discoteche ai night club. A ottobre non si trovano lezioni private, e comunque è fuori dal giro. Attraverso Lea, gli arriva la proposta di aiutare uno studente fuori corso a scrivere la tesi. Di fatto dovrà confezionarla per intero. Accetta chiedendo un anticipo, una seconda rata la riceverà alla consegna e il saldo definitivo alla laurea. La tesi è in Diritto romano, sulla fideiussione.

Non sa più nulla di Roberta, non ha un numero cui telefonare, né lei gli ha telefonato a quello di sua madre. Come gli ha chiesto, le ha inviato uno scatolone con vestiti e scarpe al fermo posta dell'ufficio di rue Boinod. Non è stato capace di scriverle una lettera. Si vergogna delle frasi disperate che gli vengono inevitabili, anche perché sa che su di lei non avrebbero alcun effetto. Alla fine, le ha scritto una cartolina postale in cui la informa della sua situazione e le chiede notizie. L'ha indirizzata alla boutique perché non sa neppure se è rimasta nella casa che hanno condiviso. Lo porta alla disperazione constatare che da un giorno all'altro sono passati dallo stare insieme a essere due estranei. Ciò che era tutto è diventato niente.

Finalmente è tornato Guido. Al telefono è sorpreso che lo abbia invitato per la sera stessa a cena da lui. Non è mai stato nel suo appartamento. Lo trova come se l'aspettava, con pochi mobili acquistati in un negozio di lusso. Lui invece gli pare cambiato, meno flemmatico, più affettuoso, addirittura lo abbraccia nell'accoglierlo. Ha disposto sulla tavola una bottiglia di Fiano, insalata di pomodori, mozzarelle, formaggi e salumi. Arturo non resiste al bisogno di raccontare la separazione da Roberta. Guido lo ascolta in silenzio e prima di parlare gli mette una mano sul braccio: «Roberta non è la donna per te. Non è una che si accontenta di fare la moglie, e tu non puoi offrirle altro. La vedi aspettarti a casa mentre fai carriera? Questa rinuncia te la farebbe pagare per tutta la vita. Roberta non è una piccoloborghese che si vuole sistemare, e neppure un'intellettuale. Anche se piace agli intellettuali, lei non subisce per niente il loro fascino. Non illuderti per com'è andata finora. Stavate bene perché l'hai aiutata a uscire da un vicolo cieco. L'occasione di separarvi è stata preziosa. Non vi ha guastato. Ti porti appresso nella vita una bella cosa. Cerca di pensarla così, non come una cosa persa. Meglio, credimi, che sia finita ora. Se fosse durata, rischiavi di non poterne uscire. Tra qualche tempo non ci penserai più, vedrai.»

«Potessi vivere cinque giorni fra trent'anni per sapere che sto pensando a tutto questo soltanto con un po' di nostalgia. Ma chi ti dice che non scoprirei invece d'avere perso l'occasione della mia vita?»

Guido sorride dandogli un colpetto sulla spalla. Arturo preferisce cambiare argomento. Non è ancora in grado di ragionare su Roberta. Parlano di quello che hanno fatto durante l'estate. A Oxford anche Guido ha finito di scrivere la tesi. Ha però capito che non è fatto per gli studi: «Non ho la tua pazienza e mi trovo meglio con le persone che con i libri. Non mi fa bene stare seduto per giorni interi in biblioteca. Per te lo studio ha tutt'altro significato. L'hai scoperto tardi ma hai colto l'occasione per diventare qualcosa di diverso da quello cui eri destinato. L'hai fatto perché hai molte delle qualità necessarie. Non credo però che diventerai mai come Onofri. Per essere come lui bisogna avere la vocazione e non scappare da qualcosa. Ma potresti essere un buon professore, ne sono sicuro. Te lo meriteresti. Il problema è che i meritevoli trovano spesso sulla loro strada una categoria di persone pericolose, quelli che ci sanno fare.»

«Tu sei bravo e ci sai fare.»

«Forse. Ma neanche io ho una vocazione. Cercherò di far soldi.»

Subito dopo la laurea, Guido tornerà a Londra. È diventato amico di alcuni inglesi della sua età che lavorano nella pubblicità e si occupano di arte. Finalmente sa quello che vuole e non vede l'ora di partire. L'insofferenza verso la vita che sta abbandonando sembra aver sviluppato in lui una seconda vista che guarda solo lontano liberandolo dai riguardi che si hanno verso il presente.

Quando si separano, Arturo si sente ancora più afflitto. Non solo perché Guido se ne andrà, ma soprattutto per quanto ha detto su di lui e Roberta, l'unica cosa che gli interessi. Che sia perduta per sempre è un pensiero insopportabile.

Poiché per ragioni di sicurezza è preferibile che Onofri non venga a Napoli, Guido si offre di portargli a Roma le loro tesi da leggere. Sebbene i corsi non siano ancora iniziati, la situazione in ateneo si sta facendo sempre più difficile. Il Collettivo ha organizzato un paio di assemblee per denunziare la discriminazione sociale operante nelle università e la cultura di classe che vi viene impartita. Minacciano un'occupazione. Le zuffe coi gruppi neofascisti sono diventate quotidiane. Nelle aule cominciano a comparire strani figuri mai visti prima che spalleggiano sia l'uno che l'altro gruppo.

Le lauree sono state fissate per novembre, Onofri viene a Napoli un paio di giorni prima per incontrarli. Guido mette a disposizione il suo appartamento perché la facoltà non è più un posto sicuro. Nel pomeriggio, lui, Arturo, Carla, Emilia e Lea si ritrovano con Onofri. Dopo un po' di discorsi sulla situazione universitaria e su quanto sono belle le biblioteche che hanno frequentato d'estate, Onofri comunica che il preside, anche per compensarlo della persecuzione subita, gli ha promesso una borsa di studio di tre anni per un suo allievo. Ha letto le tesi e considera che al momento il più maturo di loro quattro, dunque il più meritevole di ricevere quella borsa, sia Guido.

Emilia si alza dalla poltrona per andare a prendere un bicchier d'acqua. Guido attende che torni a sedersi. Ringrazia Onofri per la fiducia ma non è interessato a una carriera accademica. Vuole tornare a Londra per occuparsi d'altro. Onofri domanda di cosa.

«Onestamente non lo so ancora. Ma in questi due mesi ho conosciuto persone che si occupano di pubblicità, di arte, di musica, e ho avuto l'impressione che ci sia un grande laboratorio di cultura non universitaria. Ho sentito che volevo stare là. Partirò dopo la laurea. Devo far contenti i miei genitori, gente di provincia. Mio padre fa il sarto e sarò il primo laureato in famiglia.»

Questa confessione conferma ad Arturo che Londra ha trasformato Guido in un'altra persona.

Dopo un lungo silenzio Onofri riprende la parola: «Capisco che l'alternativa è affascinante e mi dispiace che la Filosofia del diritto debba perdere un bravo studioso quale di sicuro saresti diventato. Temo che l'università rischierà di perdere molte intelligenze come la tua. Abbiamo tuttavia una riserva, comunque altrettanto valida. Credo che Arturo possa ricoprire bene questo incarico.»

Questa volta la reazione di Emilia è incontenibile. Si alza, prende borsa e giacca e dopo un generico «Buonasera» esce dall'appartamento.

Le lauree si sono tenute nell'aula di una sede periferica per impedire che il Collettivo possa interromperle. Tutti e cinque hanno preso 110 e lode. Ma i giudizi di Onofri sulle tesi di Guido e Arturo sono stati più calorosi. Emilia ha risposto di malagrazia alle domande che Onofri le ha posto. Quando la commissione si è ritirata a porte chiuse per la valutazione, Luciani, l'altro professore di Filosofia del diritto, ha chiesto spiegazione dello strano comportamento della candidata. Onofri con imbarazzo ha addotto come motivazione la timidezza. L'altro ha ribattuto col tono di chi allude: «Questo succede quando si creano illusioni nelle allieve.»

Onofri ha preferito lasciar cadere.

Arturo ha avuto la tentazione di scrivere a Roberta che si è laureato. Ha desistito non solo perché ignora il suo indirizzo. Sa che questa notizia la troverebbe in un'altra vita, la sua sarebbe l'intrusione di un estraneo, finirebbe per allontanarli ancora di più.

Nei giorni successivi Arturo ha aiutato Guido a preparare la partenza. I mobili che arredano l'appartamento sono suoi e ha dovuto svenderli a un rigattiere che ha fatto pesare persino il fastidio di venire a prenderseli. La Vespa l'ha comprata il suo meccanico. Guido ha regalato ad Arturo tutti i suoi libri, le scarpe e i pullover. Non le giacche e i pantaloni, perché Arturo è più alto e robusto. Desidera arrivare a Londra con una sola valigia.

«Vuoi proprio cancellarla questa parte della vita? Non c'è niente che vuoi portare con te?»

«È il contrario di quello che pensi. Me la sono chiusa dentro come in un museo per preservarla. Si conserva meglio il passato, senza lasciare che venga corrotto dal presente. Ma non voglio più continuare a vivere qui.»

Partirà in treno e arriverà dopo una serie di tappe. A Parigi ha un appuntamento con uno dei suoi amici inglesi. Arturo lo accompagna alla stazione. Recitano un addio, tutti e due imbarazzati per quel momento che sentono memorabile. Si stringono la mano prima di abbracciarsi.

Arturo è rimasto solo. Prende da compilare altre tesi di laurea, essendosi fatto una reputazione in quel tipo di mercato. Ha capito la formula. Un'introduzione generica, la descrizione della questione centrale, la discussione sommaria di un paio di capi di bibliografia. Il tutto in un italiano accettabile. Ci mette poco più di una settimana. Lavora anche a un articolo da trarre dalla tesi, come gli ha suggerito Onofri. È però sempre scontento di quanto scrive. Comincia a temere che quel lavoro di fabbricazione di tesi lo stia corrompendo spingendolo verso la genericità, i cliché. Aspetta di parlarne con Onofri quando tornerà da Roma, mentre in facoltà l'azione del Collettivo diventa sempre più brutale. Arturo rimane alla larga. I membri che conosce ora non lo salutano più, gli lanciano occhiate minacciose e, quando lo incontrano, scandiscono ad alta voce, in modo che le senta, parole come «carrierista», «venduto», «servo». Emilia invece è ricomparsa alle assemblee, anche se non partecipa più alle riunioni ristrette.

La notizia gli arriva dalla radio mentre lavora a una tesi. Due terroristi con il volto coperto da un casco da motociclista hanno aggredito Onofri sotto casa, di sera, mentre portava fuori il cane. Il professore ha reagito e sono partiti due colpi di pistola. È in coma.

***

Alla stazione di Montecarlo lo aspetta un giovane distinto che inalbera un cartello col suo nome. Si è presentato come Joseph Bridau, il segretario del dottor Clemente. Lo accompagna in taxi verso l'hotel.

Nei cinque minuti del percorso, Marti gli chiede quali fossero le attività del dottor Clemente, sforzandosi di parlare nello sparuto francese che ricorda. In un italiano disinvolto, il giovanotto gli risponde che il dottore possedeva imprese in ambito finanziario e culturale, ma la sua attività principale è stata quella di mercante d'arte. L'informazione generica e secca scoraggia altre domande. Marti tuttavia chiede com'è morto, ottenendo in risposta un laconico: «Dopo una lunga malattia.»

«Domani saranno presenti molte persone all'apertura del testamento?»

«Non lo so. Il notaio mi ha incaricato di venire a prendere lei.»

Gli è stata prenotata una stanza al quarto piano dell'Hotel de Paris, arredata con mobili in mogano di foggia vecchiotta; ci sono un immenso bagno e un balcone che affaccia sulla spiaggia. Una bella stanza per gli arricchiti che arrivano a Montecarlo. Sulla scrivania trova una lettera del notaio che gli dà il benvenuto e gli consiglia di cenare al ristorante dell'hotel, confermando che sarà ospite del dottor Clemente.

Marti non è abituato a tanto lusso. Sta valutando se profittare di quel pomeriggio per una passeggiata o per un bagno quando suona il telefono. Si prepara a adoperare quel poco di francese di cui ancora dispone, ma lo sorprende una voce di donna che in italiano lo chiama «Arturo». Non la sente da oltre vent'anni ma non ha dubbi, forse perché per tutto quel tempo ha continuato a immaginare di riascoltarla un giorno.

«Roberta?»

«Sì, sono io. Sono contenta che mi hai riconosciuto subito. Siamo nello stesso albergo. Vorrei che cenassimo assieme.»

Un lungo silenzio e poi Arturo risponde: «Ci vediamo al ristorante alle venti e trenta?»

«Ce ne sono due. Vai a quello sulla terrazza. Mi riconoscerai. Continuo a vestirmi sempre di nero.»

«Sono certo che ti riconoscerei comunque.»

Marti è sconcertato dalla disinvoltura con cui hanno concordato l'appuntamento. Come se la presenza di Roberta in quell'albergo non lo avesse sorpreso. Non esce, si siede sul balcone a guardare il mare. All'imbrunire compare una luna bianca e vistosa a illuminare i suoi pensieri.

Aspetta da qualche minuto davanti all'ingresso del fastoso ristorante, quando la vede apparire. Da donna di cinquant'anni gli sembra forse ancora più bella di come la ricorda a venti. Avanza decisa su tacchi altissimi impugnando una piccola borsa. I capelli neri tagliati corti le lasciano scoperto il collo. Un tubino nero come quelli che indossava già da ragazza si poggia sulle forme del suo corpo, che è rimasto sottile. Marti ritrova quella soggezione che ha provato davanti a lei da giovane.

Le va incontro incerto sulla forma del saluto. Lei lo abbraccia e lo tiene stretto per un po'. Non dicono nulla. Entrano nel ristorante dove un tavolo è prenotato a nome del dottor Clemente. Il silenzio continua, compensato da sguardi affettuosi e sorrisi di lei. Lui la guarda di sottecchi. Vorrebbe ritrovare qualcosa della donna che ha amato, almeno qualche gesto, uno sguardo in cui riconoscere la sua aria acerba, sempre sulla difensiva, di un tempo. L'arrivo del cameriere con i menu dà a entrambi la possibilità di interrompere l'imbarazzo. È lei a consigliargli la zuppa di molluschi e il baccalà. Ordina anche il vino, uno Chablis *grand cru*. Nel trattare col cameriere mostra l'abitudine ai buoni ristoranti. Lui è confuso e incantato.

Quando tornano soli, lei si allunga sul tavolo per prendergli la mano.

«Io non so perché Guido mi ha nominato suo esecutore. Forse lo scoprirò domani. Non ci vedevamo da ventiquattro anni. E tu?»

«Noi ci siamo sposati. Io sono sua moglie.»

Arturo ritira la mano e sente l'impulso di alzarsi e andare via, scappare, tornare a casa.

«Aspetta. Devi sapere.»

Arturo fa uno sforzo per resistere. Ci riesce non per il desiderio di sapere, ma perché pensa che ormai è un'altra persona, e scappare significherebbe ammettere la sua vulnerabilità, ritornare davanti a Roberta quello che è stato.

«A Guido, lo sai, le donne non piacevano. Piacevano i ragazzi e, secondo me, neanche tanto. Era un tipo inespugnabile. Ci siamo sposati ma non siamo mai stati assieme, mai dormito nello stesso letto. È difficile capire perché ci siamo sposati, o meglio perché Guido abbia deciso di sposarmi.»

Roberta si ferma per riprendere fiato. Beve un sorso di vino, e continua.

«Quando sei partito da Parigi, per me è stata dura. Ma non avevo alternative. A Napoli non volevo tornarci. Dopo un po' di tempo ho incontrato una persona perbene, più anziana di me. Mi dava sicurezza e sono andata a vivere con lui. Ha divorziato. Ha riconosciuto il figlio che avevo avuto. Siamo stati assieme dodici anni. Intanto col suo aiuto ho aperto due boutique. Sembrava che tutto andasse per il meglio, quando nel 1988 è fallito. Era un uomo d'affari, investiva nella borsa americana. Ha perso tutto, aveva tre figli, l'ex moglie e i vecchi genitori tutti sulle sue spalle, non ha retto. Si è ammazzato. Improvvisamente la mia vita è cambiata. Le banche, che mi avevano fatto prestiti grazie alle sue garanzie, adesso esigevano restituzioni immediate. Ero anch'io sull'orlo del fallimento. È allora che nella mia vita è ricomparso Guido. Per caso, a una festa dove non volevo neppure andare. Aveva fatto fortuna a Londra grazie a un grande mercante d'arte che si era innamorato di lui. Guido era eccezionale in tutto quello che faceva, in poco tempo era riuscito a diventare il gallerista alla moda di Londra, socio di un'agenzia pubblicitaria e di una immobiliare. Era ricco e importante. Ci siamo emozionati quando ci siamo riconosciuti, mi ha proposto subito di andar via dalla festa per cenare da soli al ristorante. L'indomani mattina il funzionario della banca che mi aveva perseguitato mi ha telefonato per rassicurarmi che non c'erano problemi. Da quel momento quando veniva a Parigi, almeno un paio di volte al mese, ci vedevamo. Lo accompagnavo a feste, a teatro, oppure semplicemente cenavamo noi due da soli. Era un individuo solitario, un seduttore che non era mai sedotto, che non s'innamorava. Non ho mai pensato di poter stare con lui. Ho sempre sentito che non provava nessuna attrazione per le donne, me compresa. Piaceva alle donne e io gli servivo anche a evitare i corteggiamenti. Accreditava la versione che ero la sua amante. Gli affari andavano abbastanza bene anche a me. Mio figlio cresceva, non incontravo uomini che valessero la pena. Sono passati altri cinque anni così. Mio figlio a diciott'anni è andato all'università a studiare all'École de commerce. Guido lo aveva conosciuto da ragazzo, aveva familiarità con lui. Poi la catastrofe. Guido s'è preso l'Aids. Ha resistito per tre anni. Nel frattempo, si è fatto affiancare da mio figlio negli affari e l'anno scorso ha deciso di sposarmi. Me l'ha detto a cena da me. Eravamo soli e stavamo tirando tardi per aspettare che Joseph tornasse. Mi ha detto: "Non ti sembra che siamo una vecchia coppia? Tu, tuo figlio, Arturo" – sì, ti ha nominato – "siete le sole persone con cui non mi sono sentito solo. Forse è il caso di rendere ufficiale questa nostra storia." Credo che stesse pensando anche a te in quel momento. Ci siamo sposati qui a Montecarlo, dove Guido aveva la residenza. Joseph è il giovane che è venuto a prenderti alla stazione.»

«Quindi sei diventata una ricca ereditiera?»

Arturo ha assunto, suo malgrado, un tono beffardo.

«No. Credo che Guido abbia lasciato quasi tutto a una Fondazione che sostiene i giovani artisti. Io vivo bene del mio lavoro.»

«Ma cosa si aspettava da me Guido?»

«Non lo so. Voleva forse recitare anche con te la parte che preferiva, quella del destino.»

Sono arrivati i piatti e Arturo ne ha profittato per interrompere il discorso. La conversazione continua con una serie di commenti sul cibo. Arturo ormai sente di non avere nulla da dire a quell'elegante signora che è riuscita a trasformare l'insolenza della giovinezza in disinvoltura. Ha smesso di cercare in lei i tratti della sua Roberta.

Alla fine della cena salgono entrambi al quarto piano. Arturo l'accompagna dinanzi alla porta della camera accanto alla sua. C'è un momento d'esitazione imbarazzata nel commiato, cui lui mette fine con un gesto galante poco congeniale. Le bacia la mano.

«Io comunque dovrei dirti ancora qualcosa d'importante.»

«Me lo dirai domani mattina a colazione. Verso le otto e trenta? Ho già una dose enorme di cose da smaltire.» Si gira senza aspettare risposte ed entra nella sua stanza.

È rimasto fissato per troppo tempo all'epoca in cui stavano assieme, ne ha celebrato intimamente l'insuperabilità. I suoi successivi amori, sempre troppo brevi, non hanno potuto cancellare il ricordo di quello con Roberta, la cui perdita ha assunto così i contorni invalicabili d'un trauma. Quanto poi alle amicizie, nessuna ha potuto aspirare all'abbandono d'ogni remora del rapporto con Guido. Nessuno più ha potuto ammirare quanto lui. Ora si accorge che, mentre è rimasto fedele e immobile, loro hanno continuato la storia comune senza di lui. Solo dopo la morte di Guido, gli hanno proposto di ritornare. Ma ormai si sente un estraneo non solo rispetto a loro per quello che sono diventati, ma anche rispetto al passato che li accomuna. È come se lo avessero espropriato della sua biografia, cacciandolo via dalla sua stessa vita.

Non dorme. Alle sei del mattino esce con la valigia dalla stanza, insiste inutilmente col portiere per pagare. C'è un treno per l'Italia che parte alle otto. Lascia una lettera in portineria per la signora Roberta Clemente in cui scrive che un impegno improvviso e improrogabile l'ha richiamato in Italia. Si scusa con lei e il notaio e rinuncia all'incarico di esecutore testamentario. Va via. In treno si addormenta, si sveglia dopo che è passato il confine. I primi pensieri vanno a quanto lo attende a casa. Si rende conto allora che il passato è definitivamente passato, senza però sapere bene in cosa consista il presente.

Dopo una settimana, arriva sempre presso il tribunale una lettera. Benché non sia indicato il mittente, ha capito immediatamente che è di Roberta. Una busta rettangolare e azzurrina, una carta a trama fitta e pesante che sembra portare il suo odore. Esita, una voce interiore gli consiglia di strapparla. Alla fine, la apre non per curiosità di sapere, quanto perché ancora una volta non sopporta l'idea di poterne avere paura. Come per accettare una sfida.

Mi aspettavo che te ne andassi o meglio lo desideravo. Volevo che almeno tu ti sottraessi dal recitare la parte nella commedia scritta da lui. Il racconto della mia vita dopo che ci siamo lasciati è solo in parte vero. Mancava l'essenziale. Dopo che ho rincontrato Guido, ho fatto tutto quello che voleva. Forse si è attaccato a me, come ci si affeziona all'animale selvaggio che si è addomesticato. Dipendevo da lui in ogni cosa, ha voluto essere amato e l'ho amato per quanto il nostro fosse un rapporto mutilato. Per dieci anni sono stata ad aspettare che venisse a Parigi per vederlo a cena. Ero come la donna di un marinaio. La mia vita si è fermata per lui. Non ho cercato nessun altro e ho scansato quelli che mi cercavano. Non mi è successo più nulla. Alla fine, si è preso anche Joseph e se l'è portato a Montecarlo.
Non so cosa volesse da te. Forse voleva ricomporre quella che

aveva deciso fosse la sua famiglia, che stessimo tutti assieme grazie a lui, per lui. Voleva continuare a vivere attraverso di noi. Voleva anche da morto continuare ad ammalarci.
Mi resta ancora una cosa da dirti ed è la più dolorosa. Joseph è tuo figlio. L'ho avuto otto mesi dopo che eri partito, e Guido lo sapeva. Forse ti ha chiamato anche per restituirtelo. Comunque, ci tengo a dirti che sono felice che sia tu il padre. Sei l'unico uomo che mi ha amato senza chiedermi niente.

Un figlio? Non si ricorda neppure il suo aspetto. Ripensandoci gli sembra piuttosto che assomigliasse a Guido, con quella sua stessa aria scostante. Perché Roberta gli ha fatto questa confessione? Si sta prestando all'ultimo ricatto per farlo giungere proprio là dove Guido ha deciso? L'hanno scelto, semmai assieme, come suo sostituto? Quella che credeva la sua storia apparteneva a un altro e lui è stato solo un supplente. E poi, amare senza chiedere nulla è davvero un merito?

Si sorprende tuttavia a constatare che questi interrogativi non alterano la sua respirazione, né increspano più di tanto i suoi pensieri, che anzi sembrano distendersi nella sua testa come in uno stagno. Le risposte non importano più. I fili che lo legavano alla sua esistenza passata si sono spezzati e può contemplarli con l'interesse distratto di chi sta considerando la vita d'un altro. L'ultimo sguardo sulla sua illusione lo risarcisce con il sentimento tonico di aver sfiorato il vero. Sciogliendolo dalla giovinezza, gli ha conferito l'aspra indifferenza dell'età adulta.

Straccia la lettera ed esce per andare a bere un caffè al bar.

2

Elvira

«Voglio fare la più grande festa che si è mai vista in questo paese. Se la devono ricordare tutti.»

Come sempre nei casi in cui il marito annuncia un'impresa entusiasmante, un progetto di viaggio, un allargamento del capannone o una nuova auto sportiva da comprare, la moglie lo guarda impaurita e tace. Sa che sarebbe inutile contraddirlo, otterrebbe soltanto, dopo un lungo litigio, che il progetto si trasformi in qualcosa di ancora più faraonico. Molto meglio assecondarlo e cercare di contenerlo un po' per volta.

«Si è sposata la mia prima figlia e non facciamo la festa?»

Di fatto il matrimonio è stato celebrato a Napoli due mesi prima. Gli sposi sono di sinistra e hanno consumato la cerimonia, assieme ai soli testimoni, in una squallida saletta del municipio di Posillipo e in un caffè sul lungomare. Don Gaetano ha appreso la notizia del matrimonio a cose fatte. Sospetta però che la moglie ne sia venuta a conoscenza prima, anche se non ha avuto il coraggio di andarci. Questo l'ha fatto infuriare ancora di più. Lui non ha saputo neppure che era fidanzata, né ha mai sentito nominare questo tizio che ora è suo genero. Cosa deve rispondere a chi gli chiede di sua figlia? Che lo trattano come uno che non conta più niente!

Si è rifiutato di parlare al telefono con lei, l'ha diseredata e, sotto lo sguardo impassibile della moglie e dell'altra figlia più piccola, si è scatenato contro il genero comunista che non metterà mai piede a casa sua. Intanto, attraverso un cugino colonnello dei carabinieri a Napoli, è arrivata qualche notizia sullo sposo. Un giovane avvocato di ottima famiglia, padre notaio, casa a Posillipo e villa a Capri. Ufficialmente queste informazioni lusinghiere non hanno scalfito l'indignazione di don Gaetano. Ribadisce l'assunto che questo modo di comportarsi è fortemente lesivo del suo onore. Solo che a questo punto è potuta intervenire la moglie per chiedergli un atto di clemenza. L'occasione è stata una telefonata con la reproba, conclusasi tra le lacrime di entrambi. Gli sposi sarebbero venuti a Palinuro al ritorno da un breve viaggio di nozze.

«Elvira, diamoci da fare!»

La secondogenita è ogni volta scelta dal padre per assisterlo nelle sue imprese. Più che in sua moglie, trova in lei una complice disposta non solo a compiacerlo ma anche a realizzare i suoi progetti. Tra loro non ci sono mai stati scontri, come invece con la primogenita che se n'è andata a Napoli a studiare Legge e per tutti gli anni dell'università ha passato a Palinuro soltanto parte del mese di agosto. Elvira è iscritta alla facoltà di Lettere dell'Università di Napoli, va però in città quasi solo per comprare i libri che le servono e sostenere gli esami. Studia a casa. Per pigrizia o per timore, non è stata attratta dalla prospettiva di trasferirsi. A differenza della sorella bella e sportiva, è fragile, quasi cagionevole. Come dice lei stessa, tutta l'energia dei genitori se l'è accaparrata Carla. Altezza media, capelli bruni e, lasciati a se stessi, ricci come per buona parte delle italiane del Sud, lineamenti regolari, né bella né brutta. Difficilmente qualcuno che la vede per la prima volta può ricordarsi poi com'è fatta.

Per la festa non hanno molto tempo. Elvira sa che gli inviti saranno una pratica spinosa. Fatta eccezione per i notabili paesani e distinti villeggianti, amici da tempo, ogni nome sarà a lungo processato.

«Com'è nato?»

Elvira cerca di battersi contro l'inevitabile domanda del padre davanti a uno sconosciuto, con l'assicurazione che i proposti non solo sono amici d'infanzia ma anche brave persone. Difficilmente, però, basta. Fuori dal cerchio ristretto delle sue conoscenze, per don Gaetano c'è un universo pericoloso e degradato.

«E poi ormai Carla si è sposata. A che serve invitare tanti giovani!»

Questa frase ha chiuso la bocca a Elvira.

Al telefono Carla ottiene facilmente che s'invitino gli amici che il padre non ha concesso a Elvira. È sempre stato così, Carla alla fine riesce a ottenere dal padre quel che vuole. Soprattutto Carla e Gaspare porteranno le loro conoscenze napoletane. Con gran dispiacere di don Gaetano la cena si svolgerà in piedi. Non c'è abbastanza spazio per far sedere a tavola tante persone. Si useranno tutte le stanze disponibili, tranne quelle da letto. Il grande cuoco, importato per l'occasione da Napoli, con l'aiuto di un paio di reclute locali, confezionerà cibo buono da mangiare anche così.

La sera in cui gli sposi arrivano a Palinuro, Gaspare è accolto da don Gaetano, che intende tenere il punto, con un'appariscente freddezza. Ma già a cena si è rotto il ghiaccio grazie a Carla che a tavola ha portato il discorso sulla storia della famiglia e del Cilento, uno degli argomenti preferiti del padre. Gaspare fa molte domande, si mostra non solo interessato ma anche abbastanza competente. Evidentemente è stato preparato all'incontro dalla moglie. La rifinitura della rappacificazione arriva nel dopocena, quando Gaspare consegna in dono al suocero una elegantissima scatola umidificante di cedro spagnolo riempita di sigari cubani. I due se ne vanno da soli in giardino a fumare. Quando sono rientrati in casa, il padre si è messo a descrivere la sua nuova impresa. Vuole costruire un intero plesso turistico a ridosso della costa. Parla rivolgendosi solo a Gaspare e a Carla in un tono che sottintende: tutto questo sarà vostro, un giorno.

L'indomani, Carla ha invitato al ristorante, assieme alla sorella, le due testimoni del matrimonio, Ada, una sua coetanea veneziana che da anni villeggia a Palinuro, e Lea, la compagna d'università. Gaspare assieme al padre e al fratello cenano con don Gaetano. A uso di Ada, in quel momento senza fidanzato, Carla descrive gli amici che sarebbero arrivati. Due sono gli appetibili. Un collega di studio di Gaspare, bel giovane di buona famiglia ma con la vocazione da dongiovanni, e Arturo, un amico dell'università che, assieme a Lea, ha appena superato la prova scritta del concorso in magistratura e aspetta di sostenere l'orale.

«Arturo è un tipo interessante ma strano. Parla poco, è schivo. Non si capisce mai quello che vuole. È stato fidanzato prima con Emilia, poi con una cantante che però l'ha lasciato. Abbiamo anche avuto un flirt ma è durato poco... Non prendeva mai l'iniziativa. È uno che lascia fare, non perché sia timido... È come fatalista, disinteressato. Ada, secondo me però ti piace... lo travolgeresti.»

Lea rincara: «Stiamo studiando assieme da due anni per il concorso e non ci ha mai provato. Ci siamo visti continuamente ma di lui non saprei dire quasi niente. Parla poco però non è noioso e neppure triste. È serio.»

Elvira ha cinque anni in meno rispetto alle tre amiche e le sta a sentire, contenta d'essere ammessa a una conversazione tra donne adulte. Carla non si rivolge mai a lei. È Lea che le chiede: «E tu ce l'hai un ragazzo?»

«Macché... sono ancora vergine e se resto qui lo sarò fino a cinquant'anni!»

«Perché a cinquant'anni che succede?» chiede Carla.

Elvira non si mette a ridere. Ada cambia argomento: «Alla festa mi vedrete un vestito che manco v'immaginate... Ho portato in tuo onore lo smoking di Yves Saint Laurent.»

La festa è riuscita bene. Miracolosamente per il poco tempo a disposizione, la vecchia villa è stata rimessa a nuovo, il giardino pettinato e arredato di piante fiorite fa mostra di sé illuminato da una luna solidale. Don Gaetano, assieme al consuocero, si è seduto a un tavolo apparecchiato nello studio, servito da un cameriere, le spalle alla porta che dà sulla stanza dove c'è il buffet per non vedere quell'obbrobrio di una cena in piedi.

Verso le undici, finita la cena, hanno sparecchiato rapidamente il tavolo nello studio per consentire a don Gaetano e ai suoi amici di giocare a bridge. Negli anni Cinquanta è stato nel giro del famoso Blue Team, poi ha lasciato – lui sostiene – quando la federazione impose ai suoi componenti di portare una divisa. «Mi era bastata quella che avevo dovuto indossare durante la guerra in Albania. Che volgarità, la divisa per giocare a carte!» I giovani invece sono scesi in giardino, dove li aspetta una sorpresa. È stato ingaggiato un complesso di musicisti che ha suonato anche con cantanti celebri come Peppino di Capri e Peppino Gagliardi.

Arturo non balla, se ne sta seduto ai margini accanto a Lea. Elvira così ha trovato il coraggio per avvicinarsi. Arturo le sorride e fa per alzarsi ma lei lo ferma e si siede a terra accanto alla sua poltrona di vimini, nonostante l'abito elegante.

«Carla mi ha detto che sei una grande lettrice.»

«Cosa vuoi che faccia a Palinuro?»

«Ora, per esempio, che stai leggendo?»

«Preparo l'esame di letteratura francese. *Eugénie Grandet* e *L'educazione sentimentale*... proprio romanzi adatti a sollevarmi il morale.»

«Mi sarebbe piaciuto studiare Lettere, ma come molti

giovani di queste parti che non hanno una vocazione mi sono iscritto a Legge per automatismo.»

«Neanch'io ho una vocazione, però mi sono sempre piaciuti i romanzi, forse anche perché qui non succede niente.»

«Ma dai, una bella ragazza come te, non mi dire che non hai uno stuolo di corteggiatori.»

Elvira si sente guardata come si guarda una donna che piace.

Lea, che assiste in silenzio alla conversazione, si alza dicendo che va a cercarsi da bere.

Elvira avverte improvvisamente il sangue accorrere ad arrossarle il viso. Li sta lasciando soli perché anche lei ha capito che tra loro è scattato qualcosa. Quell'uomo le piace e non le fa soggezione. Sente di potersi affidare, la capirebbe. Le sembra di avere un'occasione unica. Non si perdonerebbe se la lasciasse scappare.

«Il problema è che qui non posso fare quello che le ragazze della mia età hanno già fatto. Avere una storia. Nessuno mi piace, e se pure volessi andare con uno di loro per togliermi questo pensiero della verginità poi sarei obbligata a rivederlo per forza, per non parlare dei pettegolezzi. Lo so, potrei farlo a Napoli, ma ci vado tanto poco. E queste cose hanno bisogno di un po' di tempo. Poi che figura farei con uno che a oltre vent'anni mi trova ancora vergine... per l'amor di Dio.»

Arturo non riesce a trattenere un sorriso. «Ma perché dai tanta importanza a questa cosa... Quando trovi uno che ti piace, lo fai. Vedrai, sarà naturale e comunque ti assicuro che non è così importante. Non mi meraviglierei se molte donne si scordano nel corso della vita della prima volta.»

«Forse visto da molto dopo è così. Ma da prima no... Vorrei farlo con un uomo che mi piace, per il quale ne valesse la pena... con cui potrei poi anche parlare... come parlo con te.»

Arturo questa volta non sorride, sembra a Elvira che assuma un'aria seria, contraendo la fronte. Lei invece incredibilmente riesce a conservare la calma. Sta raccogliendo le parole... quando arriva Carla portando per mano Ada.

«Arturo, capisco che non vieni a ballare, ma per lo meno puoi intrattenere un po' le mie ospiti più affascinanti? Ada è una storica dell'arte, oltre a essere l'amica più elegante che ho. Credo che avrete molte cose da dirvi. Elvira, su, vieni ad aiutarmi.»

Elvira guarda Arturo come per cercare aiuto. Lui si limita a sorridere. Allora si alza in maniera brusca cercando di contenere lo sconforto e segue Carla, mentre Ada si siede al posto lasciato libero da Lea.

Durante il resto della festa, Elvira non riesce più a isolarsi con Arturo, che è monopolizzato da Ada, elegantissima nel suo smoking e bella. Al momento dei saluti, lui la bacia sulle guance e le dice soltanto: «Coraggio... vedrai che presto tutto si aggiusterà.» Ora la guarda come fosse una ragazzina. Se ne va con Ada, a cui dà un passaggio.

Dopo la festa, Elvira non ha più visto Arturo. Ha provato ad avere il suo numero di telefono dalla sorella, che prima ha trovato pretesti per non darglielo, poi ha ammesso che lo faceva per il suo bene. Se lo togliesse subito dalla testa, non è adatto a lei, la farebbe solo soffrire. E poi pare che ormai abbia un flirt con Ada. Elvira ha capito che è inutile insistere. Carla non vuole che frequenti un suo amico, non ammette che la sorella possa interferire nella sua vita. Ma perché, visto che è talmente più bella e riuscita di lei? Probabilmente pensa che le farebbe fare brutte figure.

Intanto è stata coinvolta suo malgrado nella gestione dell'azienda. Per caso si è creata la necessità della sua ingerenza. Don Gaetano si è preso un'epatite che l'ha costretto a letto per un mese e la figlia ha dovuto sostituirlo negli incontri con i funzionari della banca. Elvira è venuta così a sapere che sono sull'orlo della bancarotta. Il padre ha acquistato a caro prezzo un terreno con la certezza che sarebbe divenuto edificabile. Ma per motivi imperscrutabili il consiglio comunale all'ultimo momento ha deciso di spostare altrove l'edificabilità. Ora è pressato dalle banche che l'hanno finanziato e che, fallito l'affare, esigono la restituzione in tempi brevi. Elvira capisce che il padre non ha compreso la gravità della situazione. Sostiene che la sua famiglia – da generazioni uno dei pilastri del comune, di cui il suo bisnonno è stato il primo sindaco dopo l'unità d'Italia – non può essere soggetta alle angherie della banca. Avrebbero di sicuro avuto riguardi e trovato una soluzione onorevole.

Elvira ha chiamato in soccorso Carla e Gaspare, il quale, anche grazie alle conoscenze del padre, è riuscito a ottenere per sei mesi di pagare soltanto gli interessi sul debito. Tra loro hanno discusso se chiedere l'interdizione di don Gaetano, ma Elvira e la madre si sono opposte, sostenendo che ormai è diventato innocuo. Anche se continua a dire che si stanno preoccupando per niente, sembra sollevato all'idea di non dover più fronteggiare la situazione. Benché sia di fatto guarito, continua ad atteggiarsi a malato. Li lascia fare, prendendo solo distrattamente notizie.

Gaspare e Carla sostengono che bisogna vendere prima possibile non solo il terreno recentemente acquistato, ma anche quello a vigna e la cantina, in modo da ridurre il debito. Il resto di quanto dovuto si sarebbe continuato a pagare con i proventi di appartamenti dati in fitto a Salerno e a Palinuro, e attraverso la vendita a grossisti e ditte della zona dei prodotti dell'uliveto e degli orti. Elvira invece vorrebbe vendere gli appartamenti e investire buona parte dei liquidi rimasti in famiglia per restaurare due case coloniche diroccate, situate su quel maledetto fondo acquistato dal padre, trasformandole in strutture alberghiere. La vendita in questo modo renderebbe molto di più.

Inoltre, secondo lei sarebbe più conveniente investire nella cantina e nella vigna, puntando sulla Malvasia nera e il Santa Sofia, vitigni autoctoni. La cantina garantisce una certa autonomia in quanto il vino è imbottigliato da loro e sul mercato non si trovano molti concorrenti con quei tipi di vitigni vinificati in purezza. Un bravo enologo potrebbe valorizzarli più di quanto è stato fatto finora. Al contrario l'olio lo cedono a una ditta di Salerno che lo commercializza, mischiato ad altro della zona. Sono dunque assoggettati ai prezzi imposti dai grossisti.

Ci sono stati scontri tra le sorelle. Elvira ha rinfacciato a Carla di voler chiudere tutto, tagliare i ponti con la loro storia. Carla non capisce perché Elvira si accanisca a voler tenere in piedi quella che è la sua prigione.

Alla fine è intervenuto il padre, che per l'occasione ha riacquistato l'aria autoritaria dismessa per la malattia. Si è schierato di fatto con Carla. A Elvira, che l'ha accusato di rinnegare la sua vita e la storia della famiglia, ha replicato che ormai è vecchio e non se la sente di lasciare questa immensa grana a lei, la figlia piccola, visto che Carla e Gaspare non vogliono occuparsene. Meglio liquidare quasi tutto e accontentarsi di una piccola rendita. Elvira è certa che se al suo posto ci fosse stata Carla, o avesse avuto un figlio maschio, non avrebbe ragionato così.

Una volta presa questa decisione, Carla e il marito sono stati abili a trattare con la banca e a trovare compratori che non fossero quelli che probabilmente avevano tramato per mettere don Gaetano alle strette e acquisire le sue proprietà a un prezzo stracciato. Elvira ha partecipato a tutti gli incontri e mai come in quel periodo tra le sorelle c'è stata un'intesa. Si sono sentite spesso non solo a proposito degli affari. Carla è tornata a Palinuro nei fine settimana. Elvira, quando è venuta a Napoli per l'università, ha dormito a casa loro. Carla ha presentato a Elvira i suoi amici non ancora impegnati, ma Elvira si è sentita a disagio in questi incontri, come una merce da piazzare. Del resto nessuno le è piaciuto. Gli uomini non accoppiati sui trent'anni si rivelano per lo più uno scarto. O sono già incattiviti da delusioni sentimentali o si atteggiano a dongiovanni. Elvira ha avuto precocemente l'impressione di aver perso il momento giusto per accasarsi. Ancora lontana dai trent'anni, si è convinta d'essere già vecchia senza aver vissuto quasi nulla.

Si è laureata in Filologia romanza con una tesi sull'epica medioevale. Il professore molto esigente alla fine è rimasto colpito dalla sua tesi, sebbene l'abbia scritta senza muoversi da casa e servendosi solo dei libri reperibili a Napoli. Le ha offerto una borsa di sei mesi a Cologny, in Svizzera, per studiare presso la Fondazione Martin Bodmer. A cena ha riferito la proposta ai genitori ed è rimasta sconcertata dalla reazione di entrambi. Non hanno mostrato alcun entusiasmo. Anzi, hanno messo avanti tutte le ragioni che possono sconsigliare il viaggio. Che avrebbe fatto in un paese sperduto e noioso? Come se Palinuro d'inverno fosse una metropoli... In Svizzera, poi, faceva freddo, avrebbe potuto farsi inviare fotocopie, invece di scomodarsi personalmente. Ha tenuto duro.

Due giorni dopo questa discussione, il padre ha avuto un ictus che gli ha paralizzato il lato sinistro del corpo togliendogli la parola. Carla è accorsa e si sono occupate insieme delle cure, ma data l'età non è pensabile che si ristabilisca. Prima di tornarsene a Napoli, Carla le ha raccomandato di andare a Cologny lo stesso. Non c'è più niente da fare a casa, i due vecchi possono restare da soli con le persone di servizio. Gli affari sono ridotti a poca cosa e il commercialista sarebbe bastato. Si sarebbe occupata lei di controllarlo. Elvira deve pensare a se stessa, ne ha il dovere.

Ancor più di non sentirsela a lasciare i genitori, Elvira si è invece convinta di non aver voglia di andare a Cologny.

S'immagina da sola in quel minuscolo paesino, quando la sera non deve studiare, a rimpiangere la sua villa, il giardino, il mare, i bagni d'ottobre. Qui non solo ha i genitori, ma anche quelle frequentazioni consuete e noiose su cui può contare. E poi sarebbe riuscita a scrivere qualcosa d'interessante? Ammesso che lo studio in Svizzera fosse servito, cosa l'avrebbe aspettata dopo? La carriera universitaria è lunga, richiede sacrifici che non si sente pronta a compiere, visto che non è per nulla certa delle proprie capacità. Decide piuttosto di preparare il concorso per insegnare a scuola.

I genitori sono morti l'uno dopo l'altro. Prima la madre, poi il padre allettato e semicosciente. Carla le ha proposto di vendere la grande casa e di spartirsi il ricavato. Con la sua parte di eredità Elvira avrebbe potuto acquistare un appartamento a Napoli e cominciare una nuova vita. Elvira si è opposta, e per tenersi la casa ha lasciato alla sorella gli appartamenti di Salerno e una buona quota del capitale liquido. Con la casa ha conservato la terra. Ha potuto così continuare a vivere nella villa senza neppure spostarsi nella grande stanza da letto dei genitori.

Un paio di mesi dopo la morte del padre, il sistema d'allarme è andato in panne. Da tempo bisognava cambiarlo. Ha chiamato Cristoforo, figlio del loro vecchio elettricista, di cui ha ereditato la ditta. Lo conosce da quando, ancora ragazzo, accompagnava il padre. Un bell'uomo con qualche anno più di lei, già con tre figli, sempre gentile e silenzioso. Nel tardo pomeriggio, quando stava per andare via, l'ha invitato a bere un aperitivo. Cristoforo, confuso dalla proposta, ha protestato dicendo che era tardi, ma lei ha insistito. Prima di versare il Campari nei due bicchieri, fa partire un cd di Mina. Si siedono entrambi sul divano, in silenzio. Cristoforo, immobile, guarda dritto davanti a sé. Elvira si è invece girata dalla sua parte e, posandogli cameratescamente una mano sul ginocchio, gli dice: «Vorrei che accettassi una giacca di mio padre. Più o meno aveva una corporatura analoga alla tua. La vado a prendere.»

Prima ancora che Cristoforo possa rispondere, lei si alza e dall'armadio della stanza dei genitori, non ancora svuotato, tira fuori una giacca blu che il padre si era fatto cucire da Attolini. Suo cognato, che aspira a ereditare l'intero guardaroba, non si accorgerà che manca una giacca. Torna in salotto dove Cristoforo, immobile, ha terminato il suo Campari.

«Vediamo se ti sta bene... Su! Togliti quella maglia che t'ingolfa.»

Seppur riluttante, Cristoforo si alza. Si sfila la felpa e resta in canottiera. Elvira l'aiuta a indossare la giacca. Gli sta un po' stretta di spalle. Gli tira i revers per farla cadere a piombo. Mentre sposta le mani sui suoi avambracci, Mina inizia a cantare *E se domani*.

«È la mia canzone preferita. Ti prego, balliamo.»

Con una spudoratezza di cui non si sospettava si è stretta a lui. Quell'odore di fatica che gli trova addosso l'ha stordita. Ha cominciato a muovere il bacino e a baciargli il collo. Lui ha risposto soltanto con un'erezione. Alla fine della canzone, in silenzio, l'ha preso per mano e l'ha portato in camera da letto. Mezzi vestiti, consumano un rapporto rapido ma non violento. Alla fine, lui si alza in silenzio per raccogliere i vestiti. Lascia lì la giacca blu. Dandogli le spalle, accucciata sul suo lato del letto, lei gli dice: «Mi raccomando, Cristoforo, domani cerca di venire in orario, che devo uscire.»

«Certo, signorina. Buonasera.»

È rimasta distesa, dolorante e insanguinata finché non ha preso sonno.

La cosa si ripete ancora un paio di volte senza che lui riesca a darle del tu. Terminati i lavori, Cristoforo scompare.

Carla e Gaspare sono venuti a farle visita qualche fine settimana e quindici giorni d'estate. Ancora più spesso è arrivata da Venezia Ada, ormai molto più amica della sorella minore. Hanno rievocato la grande festa. Elvira ha confessato che Arturo le piaceva moltissimo e che quella sera aveva trovato il coraggio di dichiararsi. Ha cercato di sedurlo prima che lei, inconsapevole, se lo portasse via. In fondo è stata la grande occasione della sua vita. Ada le ha raccontato che tra loro non è poi successo niente. Arturo l'ha accompagnata e, nonostante fosse sola e gli avesse fatto capire che non le sarebbe dispiaciuto se fosse salito, l'ha salutata sulla soglia di casa. Poi non si sono più visti, né sentiti.

Ora Elvira insegna italiano all'istituto superiore ed è diventata l'amante del preside.

3

Emilia

Da molto tempo a questa parte, attraversa a fatica l'oscuro confine tra i giorni. Si è addormentata tardi e l'incertezza del sonno, interrotto e ripreso sempre più a stento, l'ha sospinta in una penosa, distorta lucidità che non contempla ritorni. Non riesce a trovare una porta nel muro delle sue ossessioni. Il suo orologio con le lancette fosforescenti segna le cinque. Fissa la parete di fronte al letto impaziente che, attraverso le imposte, la luce progressivamente la illumini. Se abbandonasse il letto ora, lo sveglierebbe compromettendo il suo umore mattutino.

Alle sette precise, l'incorruttibile orologio in testa e nel cuore di Michele finalmente lo sveglia. Emilia può abbandonare il letto e i pensieri dell'oscurità. Con la luce le cose tornano al loro posto.

Stanno allestendo il tavolo della colazione quando sono interrotti da una telefonata. È il preside di facoltà che le chiede di raggiungerlo non appena può. Alla sua richiesta di accennarle almeno il motivo di tanta urgenza, si è rifiutato e ha salutato. Accelera i tempi per prepararsi.

Lascia Michele che è ancora al primo caffè, assorto nella lettura del giornale. Il congedo è stato, come al solito, sbrigativo. Sa che sarebbe arrivato alle venti puntuale per vedere il telegiornale. Non è uomo da fare sorprese. Comincia a capire perché la sua prima moglie dopo quindici anni di matrimonio non ne poteva più di questa imperturbabile, egocentrica esattezza.

Ha raggiunto il preside nel suo studio. Lui le ha fatto cenno di sedersi, si è appoggiato allo schienale della sedia, le mani sui braccioli, e ha tirato un sonoro sospiro guardando un punto imprecisato dietro di lei. Intende essere compatito preventivamente per qualcosa d'imbarazzante che sta per chiederle. Emilia, tuttavia, proprio non sa di cosa possa trattarsi. Non c'è nulla in palio in quel momento, né concorsi, né fondi, né nomine.

«Ti ho chiamata per una faccenda molto pericolosa e dolorosa. C'è una studentessa, o meglio ex studentessa perché nel frattempo si è laureata, che accusa un nostro collega di aver abusato di lei. Come puoi capire, l'affare può rivolgersi contro l'intera facoltà. Per ora l'accusa non è ancora di pubblico dominio, ma fatti di questa natura finiscono inevitabilmente per riempire giornali e televisioni, e diventare contagiosi.»

«Mi spiace moltissimo, e spero che tutto possa essere chiarito al più presto. Ma perché hai sentito la necessità di chiamarmi di primo mattino per parlarmene?»

«Tu non solo sei una nostra collega ormai importante. Eserciti anche la professione. Ieri, appena ricevuto l'avviso di garanzia, è venuto a parlarmene e insieme abbiamo pensato a te per la sua difesa. Oltre a essere un bravo avvocato, sei una donna, per di più impegnata nelle lotte delle donne. La tua difesa potrebbe avere un valore aggiunto.»

«Ma non ti pare che proprio per questi motivi io dovrei essere l'ultima persona che può difenderlo?»

«Guarda che lui mi ha garantito di essere innocente, e naturalmente ti nominerebbe suo difensore solo se anche tu te ne convincessi. Se avessi dei dubbi, capirebbe il tuo rifiuto. Non intende farsi scudo di te.»

«E non credi che per il buon nome della facoltà faremmo meglio a non lasciarci coinvolgere?»

«Temo che saremmo coinvolti in ogni caso, e se tu sarai il suo avvocato ne usciremo comunque meglio. Fra l'altro, la donna potrebbe estendere la sua denuncia, trascinare altre studentesse a parlare, a inventarsi chi sa che cosa. Si tratta di processi spettacolari, ci vogliono precauzioni, e sono certo che tu riusciresti ad avere certi riguardi. Inutile dirti che tutta la facoltà te ne sarebbe grata, non solo lui. Io scado tra sei mesi, come sai, e credo che sia venuto il momento di avere un preside donna.»

Emilia arrossisce suo malgrado, quell'allusione così esplicita l'ha disturbata. Non che non desideri diventare preside, ma vederselo proporre come una sorta di scambio di favori la umilia. D'altra parte sente che col mostrarsi offesa finirebbe a sua volta per offendere il preside, che conosce da quando seguiva i suoi corsi. Non può permetterselo.

«E chi sarebbe il nostro collega?»

Dopo un lungo silenzio, quasi a malincuore pronunzia: «Gennari.»

Tutto è più chiaro, ora. Gennari, professore di Diritto internazionale, è il più potente della facoltà. Rappresenta l'Italia in importanti commissioni a Bruxelles, invitato dalle più famose università straniere, collabora con il ministero degli Esteri, scrive abitualmente sul *Corriere della Sera*. Adesso corre sempre più voce che sarà candidato alle prossime elezioni a sindaco di Napoli. Autorevole, dalla battuta tagliente, fino ad allora ha respinto le proposte di diversi partiti che lo volevano in lista per il Parlamento, ma davanti alla prospettiva di diventare sindaco pare che stia cedendo. Appartiene a una ricca famiglia di costruttori e s'è sposato con una donna dal cognome aristocratico. Hanno due figli. Lo scandalo sarebbe enorme, bisogna correre ai ripari e non basta di certo soltanto una strategia processuale.

«A chi è venuta l'idea di chiamarmi?»
«In che senso?»
«A te o a lui?»
Il preside è come sollevato da quella domanda. Pensa che si senta lusingata per essere stata tirata in ballo.
«A entrambi.»
Non può che rispondere così.

Non capisce quanto le convenga. Il processo le darebbe una notorietà nazionale, si guadagnerebbe la gratitudine di una persona che, qualsiasi dovesse essere l'esito, rimarrà potente e forse avrebbe persino ottenuto la presidenza della facoltà. D'altra parte, dovrebbe difendere un uomo importante contro una donna più debole. La sua immagine rischierebbe di uscirne compromessa. Al telefono è riuscita a strappare Michele dallo studio di ingegneria per una breve colazione. Non le concede più di tre quarti d'ora nel caffè di fronte al palazzo dove lavora. Emilia espone i fatti con i pro e i contro mentre lui mangia in silenzio la sua insalata.
«Allora... tu cosa mi consigli?»
«Se proprio hai tutti questi dubbi, va' a parlare con Gennari. Potrebbe avere dei buoni argomenti. Non hai nulla da perdere, ma solo da guadagnare. La tua reputazione di avvocato se ne avvantaggerebbe non poco, se uno come lui ti scegliesse.»
Michele non è un uomo volgare disposto a tutto pur di avere successo. Per lui però esistono solo la professione e la sua etica. Un avvocato può difendere chiunque glielo chieda. Il *può* si trasforma in un *deve*, se si tratta di un uomo ricco e potente. Se non è stato ancora più esplicito nel consigliarle di accettare è solo per non innervosirla. Ma non ha torto. Un rifiuto preventivo irriterebbe anche il preside, oltre che Gennari. In fondo prevedeva che Michele l'avrebbe incoraggiata, le serviva però che lo sapesse, aveva bisogno di una sorta di autorizzazione.

Prova un certo imbarazzo a dover prendere contatto con Gennari. Si conoscono bene ma ultimamente si sono incontrati solo nei consigli di facoltà, quando lui ci viene. Il fatto che abbia cercato la mediazione del preside le dà la misura di quanto sia in difficoltà. Intende schermarsi dietro l'istituzione. Da lui un simile comportamento non se lo sarebbe aspettato.

Lo chiama al suo istituto, glielo passano subito. Le dà appuntamento nello studio privato alle sei del pomeriggio. Al telefono non sembra preoccupato, ha conservato lo stile spiccio dell'uomo di successo.

La segretaria la scorta nella vasta stanza con vista sulla villa comunale e, dietro, sul mare. Lo trova con un fascicolo in mano seduto alla civettuola scrivania, sgombra di carte. Si alza, le stringe la mano e la invita a sedersi sul divano che si trova in fondo alla stanza.

«Allora, hai visto che guaio mi è capitato?»

«Mi ha accennato il preside.»

«Una mia ex studentessa, brava e intelligente ma evidentemente un po' disturbata, mi accusa di aver abusato di lei più volte. In facoltà e qui nel mio studio. Sarebbe successo prima della sua laurea, circa sei mesi fa. Adesso ha preso coscienza di questo presunto sopruso, mi ha denunciato e ha rilasciato un'intervista. Mi hanno telefonato dal giornale per avvertirmi. La pubblicano sabato.»

«E che prove porta?»

«Oltre alla sua parola, dei messaggi sul telefonino con cui abbiamo preso appuntamento e forse le dichiarazioni di qualche sua amica.»

«Soltanto?»

«Tra noi si era anche creato un legame più affettuoso, e qualcuno di questi messaggi potrebbe esserlo.»

«Vittorio, guarda che con gli eufemismi non andiamo da nessuna parte.»

«In effetti, diciamo che tra noi c'è stato un breve e intenso rapporto anche sensuale, meglio consensuale.» Sorride del gioco di parole. «Lei aveva ventiquattro anni, non era minorenne, era nel pieno delle sue facoltà.»

«C'è solo questo?»

«Il resto è robaccia. Allusioni pornografiche alle mie presunte perversioni.»

«Ma tu che le hai fatto?»

«Niente di particolare... Del resto tu lo sai come mi piace fare l'amore.»

Circa dieci anni prima, sono stati amanti. Una storia intensa e breve, un paio di mesi appena. Lei una giovane professoressa associata, lui già da tempo un professore importante e sposato. Tutto era nato con qualche battuta scambiata nei consigli di facoltà e si è sviluppato in incontri pomeridiani nel piccolo appartamento che all'epoca lei abitava e in un paio di fine settimana all'Hotel Tramontano di Sorrento. Poi lui ha diradato gli incontri a causa dei propri impegni, finché durante una colazione al ristorante dell'Hotel Vesuvio le ha detto che era meglio interrompere perché non se la sentiva più di tradire la moglie, caduta in depressione. Si trattava evidentemente di una scusa, ma era comunque meglio che confessare d'essersi scocciato. Alla fine, dopo aver mangiato, le ha proposto di prendere una stanza nell'Hotel per salutarsi. E lei ha accettato non solo perché, per orgoglio, voleva mostrarsi indifferente all'abbandono.

C'era rimasta male, molto male. Aveva già avuto una storia con un professore quando studiava all'università. Ma non assomiglia per niente a questa. Era giovanissima, ammirava il suo professore e sentiva il bisogno di suscitare in lui un sentimento che controbilanciasse la propria ammirazione per ottenere la sicurezza d'essere la preferita. Gli ha offerto dunque quel che credeva d'avere di meglio, il suo corpo di giovane donna. Così il loro rapporto sarebbe stato più solido, equilibrato. È stato però un calcolo sbagliato. Onofri si era limitato ad accettare i loro incontri. Le lasciava l'iniziativa sia di proporli che poi a letto, dove si mostrava impacciato e nervoso. Ben presto ha cominciato ad anteporle altri studenti. Lei ha preso male questa sostituzione e forse ancor peggio il fatto che non apprezzasse quel che gli offriva. Così il loro rapporto s'è interrotto malamente. Onofri era stato colpito dai terroristi. Quando poi si è ristabilito, ha lasciato Napoli ed è andato a Parigi a insegnare a Sciences Po.

Con Gennari era stato diverso, non solo perché la loro differenza d'età era minore. Non si era limitata a compiacerlo. Era stata orgogliosa d'essere ammessa nella sua intimità. L'avevano divertita i suoi commenti sprezzanti, l'ironia con cui parlava degli altri professori della facoltà, verso i quali era abituata a mostrarsi deferente. Si era emozionata alle cene in ristoranti di lusso e aveva cambiato il proprio abbigliamento per sentirsi all'altezza. Di Gennari è stata probabilmente innamorata. Si è immaginata cosa potesse essere la vita a fianco di un uomo colto, importante, mondano. La vita che voleva e lui l'unico che potesse offrirgliela. A differenza che con Onofri, a letto si è rimessa completamente a lui, benché fosse brusco, prepotente, spesso anche violento. Può capire perché la studentessa ha detto d'essersi sentita umiliata. Gennari esercita il proprio potere anche sessualmente. Impone pratiche, mette in scena posture che possono umiliare una donna. Obbliga a entrare nelle sue fantasie e a recitare il ruolo che lui attribuisce. Le prime volte, Emilia ha subito quasi uno shock, ma non si è tirata indietro per non deluderlo, perché teneva troppo a lui. Poi si è accorta di partecipare ai riti con sempre più complicità, ché ne ricava piacere. Questi incontri le hanno rivelato una parte sconosciuta di se stessa. Dopo la fine del loro rapporto, non ha più avuto esperienze analoghe. Con Michele poi il sesso è diventato una pratica coniugale sbrigativa e scialba. L'intensità del piacere che solo la perversione, oltre all'innamoramento, può regalare è stata prerogativa esclusiva di quel rapporto. È per lei legata indissolubilmente a quell'uomo.

Dopo l'allusione ai loro trascorsi amori, si alza per andare a prendere da un cassetto della scrivania alcuni fogli. Torna a sedersi di fronte a lei e legge con voce imparziale il testo dell'intervista che il giornale gli ha inviato per riguardo. Il direttore, suo amico, gli ha concesso quattro giorni prima di pubblicarla, per lasciargli il tempo di preparare una reazione. Non ha neppure provato a chiedere di non pubblicarla. Non si sarebbero mai persi uno scoop del genere. E poi, anche se l'avessero rifiutata, comunque sarebbe uscita su un'altra testata.

La giovane ha affermato che, già al primo incontro per la scelta della tesi, Gennari le avrebbe rivolto apprezzamenti estetici. Le avrebbe consigliato di non truccarsi troppo gli occhi se mette il rossetto e di portare i capelli più lunghi, fino alle spalle. In un incontro successivo le avrebbe raccomandato di venire su scarpe con tacchi alti e in minigonna perché ha belle gambe e deve metterle in evidenza. Al terzo l'avrebbe invitata a cena per parlare della tesi. L'avrebbe portata in un buon ristorante a Posillipo. Non hanno parlato della tesi, dice la ragazza, hanno bevuto e in automobile lui l'ha baciata. Sostiene di essere stata intimorita dal professore, incapace di fronteggiarlo. Lui le avrebbe dato poi appuntamento nello studio alla Riviera di Chiaia alle nove di sera perché per quell'ora sarebbe tornato da Roma. Là sarebbe stato consumato il primo rapporto sessuale. Ce ne sarebbero stati altri, soprattutto nello studio, a tarda sera, a volte anche con le stanze vicine occupate da altri avvocati. In questi amplessi, racconta lei, lui si è mostrato brutale procurandole persino escoriazioni – nell'intervista non entra nei dettagli di questa brutalità. Dopo la laurea, a luglio, si sono persi di vista. Ma a settembre si è rifatto vivo, allora lei ha preso coraggio e l'ha denunciato.

«Come vedi, dal punto di vista giudiziario non c'è quasi niente. Da quello scandalistico invece ce n'è abbastanza per sputtanarmi. Quei sepolcri imbiancati dei nostri colleghi non aspettano altro per vendicare la loro mediocrità e far scattare anche un processo disciplinare. Bisogna che mi difenda soprattutto fuori dal tribunale.»

«Perciò mi hai chiamato... Perché sei stato tu a volermi come avvocato, vero?»

«Certo... mi dicono che sei una brava avvocata, sei stimata come professoressa e sei una donna... Mi conosci intimamente. In una situazione difficile come questa, chi meglio di te.»

«Non so se posso accettare, devo capire fino a che punto sei colpevole, e soprattutto se difendendoti sarei costretta a contraddire tutto il resto della mia vita. E, sarai d'accordo anche tu, me lo devo. Se per te va bene passare prima per il giudizio della tua avvocata...»

«L'ho preventivato. Ti conosco e so che sei una donna impegnativa. Se come amante non potevo permettermi una come te, come cliente innocente sì.»

Emilia lo guarda a lungo fisso negli occhi, come per sfida. Rievoca il passato per ricattarla, per coinvolgerla, e per di più sta mentendo sulle ragioni della fine del loro rapporto per farle un complimento, per lusingarla.

«Di quello che è successo tra noi dieci anni fa non ne parlare più, scordatelo se vuoi che collaboriamo. Intesi?»

«Certo... non ne parlerò più, però certe cose non si possono scordare.»

«Per oggi può bastare. Ci vediamo domani per decidere cosa fare dopo l'intervista.»

Il saluto è stato spiccio. Si limitano a una smorfia che sta per un sorriso.

Una volta a casa, Emilia ha trovato Michele davanti al televisore. In cucina, durante la cena preparata dalla donna di servizio, gli racconta quel che si sono detti nel pomeriggio. È nervosa anche perché sa che l'aspetta la sfida di una notte agitata. A letto, nella speranza di sedare la propria irrequietezza, ha provocato sessualmente Michele, sorprendendolo con quell'iniziativa inconsueta. A lui non piace essere sorpreso. Tutto si è consumato svogliatamente in pochi minuti che l'hanno lasciata insoddisfatta e turbata ad agitarsi nel letto fino alle tre, quando finalmente è riuscita a lasciare i suoi pensieri per imbarcarsi in un sonno superficiale e precario.

Si sono ritrovati seduti come il pomeriggio precedente sullo stesso divano.

«Spiegami meglio la natura dei vostri rapporti. Dai abitualmente consigli estetici alle tue laureande? Capita spesso che le porti a cena?»

«Figurati se mi metto a perdere il tempo così... La ragazza non era soltanto molto carina, era spigliata, spiritosa, e sapeva di esserlo. Già al primo incontro, a suo modo, ha provato, se non a sedurmi, a piacermi. Se hai un po' di esperienza, te ne accorgi subito. Allora sono stato al gioco perché era divertente. Aveva un aspetto potenzialmente raffinato, alta, magra, lineamenti fini, bei capelli, solo che sprecava tutto con un trucco pesante, le colorazioni, abiti dozzinali... Mi sembrava di darle consigli utili, di aiutarla. È arrivata all'incontro successivo riformata secondo quanto le avevo suggerito e ci abbiamo scherzato su. La conversazione ha preso una piega più personale. Lei mi ha detto qualcosa come "i posti che frequento abitualmente non richiedono tanta raffinatezza"... Così è arrivato l'invito a cena. Mi piaceva vedere una che non era abituata a frequentare i ristoranti eleganti. L'ho buttata là così, pensavo che non avrebbe accettato. Invece ha accolto subito la proposta. A cena mi ha parlato della famiglia, dell'ex fidanzato. Mi divertiva sentire quelle stupidaggini. La prendevo in giro. Rideva. Si è creata una certa intesa e in auto, quando mi ha accompagnato sotto casa, ci siamo baciati. L'appuntamento successivo era presso il mio studio e abbiamo fatto l'amore. L'avremo fatto altre tre o quattro volte. Una anche nel mio ufficio in facoltà in un tardo pomeriggio, quando non c'era nessuno. Ha preso lei l'iniziativa, quasi contro la mia volontà. Veniva per farlo. Una volta si è presentata senza mutandine. Intanto cominciavano richieste imbarazzanti, tipo se l'amavo, se potevamo andare fuori nei fine settimana, se ero felice con mia moglie... Ho capito che la relazione non poteva più continuare e gliel'ho detto. Il resto lo sai.»

«Vittorio, la tua è una versione dei fatti che naturalmente è l'opposto della sua. Senza prove, il giudice crederà comunque a lei anche perché la tua versione non è conforme a quello che dovrebbe essere il comportamento di un professore e ha un sapore libertino. Se la difende un bravo avvocato, ti spenna vivo. Bisogna portare prove. Hai conservato i messaggi sul telefonino?»

«Ma figurati se ho conservato i messaggini...»

«Facile che li abbia conservati lei. Di che tenore erano? Spinti? Sentimentali?»

«Non sono un tipo sentimentale, come sai. Non escludo che possa avergliene inviati di spinti.»

«Quanti gliene hai mandati?»

«E che ne so... Certo non tutti i giorni. Diciamo un paio a settimana, prima e dopo i nostri incontri.»

«Lei come rispondeva? Con un tono analogo al tuo?»

«Il nostro era un gioco di ruolo, consueto peraltro. A me piaceva provocare, lei era lusingata e giocava a darsi un contegno. In un rapporto di reciproca seduzione il pudore è un elemento essenziale. Decanta i successi del seduttore e valorizza le resistenze presunte della sedotta. È un gioco che dà soddisfazione a entrambi.»

«Vittorio, con questi argomenti ti becchi l'ergastolo! Che prove puoi portare del fatto che lei fosse liberamente consenziente?»

«Nel mio studio, anche di sera, ci saranno almeno una dozzina di avvocati. Se l'avessi costretta, avrebbe potuto gridare e sarebbero accorsi...»

«Secondo te, poteva pensare che i tuoi scagnozzi sarebbero venuti in suo soccorso? Ma ti sembra una prova?»

«Allora avrebbe potuto non venire nel mio studio. Dirmi che voleva appuntamenti in facoltà in ore in cui c'è tanta gente. Oppure presentarsi accompagnata. Chiedere la tesi a un altro professore...»

«Questo è un elemento a tuo favore. Ma non determinante. Rispetto a lei avevi autorità e potere in quanto relatore della sua tesi. Si potrebbe sempre obiettare che facevi leva su una subordinazione psicologica. La cosa migliore è trattare con la ragazza e fare in modo che ritiri la denuncia. Tutto sommato, se accettano, ti costerebbe di meno. Però dopo l'intervista non potrai evitare lo scandalo. Ti puoi scordare di candidarti a sindaco di Napoli.»

«Ma non ci ho mai pensato. Figurati se mi prendo una simile rogna. Facevo correre il mio nome fatto da altri, soltanto per poi smentire al momento opportuno e acquistare credito. La politica non m'interessa. Come vedi, non è fatta per me. La transazione non mi pare comunque la soluzione ideale per uno come me... Come diceva Jhering, per quieto vivere non rinuncio a battermi.»

«Sappi che la tua intimità sarà violata. Si parlerà di come fai l'amore. Pensa anche a tua moglie, ai tuoi figli.»

«Mia moglie s'interessa a me come a un bancomat. I figli stanno a Londra e non leggono neppure i giornali italiani. Forse sarebbe ancora peggio se sapessero che ho pagato. A quel punto sarei io a non poterli più guardare in faccia.»

«Vedremo se lo penserai ancora dopo che sarà uscita

l'intervista... Comunque il giorno della sua pubblicazione devi fare soltanto un comunicato. Meno intervieni e prima puoi sperare che i giornali mollino la presa. Ti dichiari addolorato perché quanto sostiene la signorina testimonia di uno stato emotivo che la induce a stravolgere la realtà, e speri che al più presto possa tornare a essere quella persona equilibrata che hai conosciuto come tua allieva.»

«Perché "equilibrata", quando sta dicendo tante fesserie e falsità?»

«Perché non vorrei che ti accusassero anche di aver profittato di una persona labile.»

Di ritorno a casa, Emilia non ha fame. Assieme a Michele guardano un poliziesco alla televisione. Anche quella notte, riesce a dormire solo poche ore.

L'intervista scatena quello che Emilia ha previsto. I giornali nazionali l'hanno ripresa e gli studenti contestato Gennari impedendogli di fare lezione. Sono subito arrivate lettere anonime in cui si sostiene di aver sempre sospettato che l'estrema gentilezza del professore nascondesse secondi fini. Il collegio di disciplina della facoltà, su sollecitazione di alcuni professori, è stato costretto a riunirsi d'urgenza e, grazie all'intervento del preside, ha deciso una semplice censura, in attesa della sentenza per eventuali provvedimenti maggiori. La moglie ha confermato il suo trasferimento definitivo nella casa di Londra, prospettando iniziative legali per un oneroso divorzio. Solo i colleghi con cui lavora a Bruxelles sembrano non informati o comunque indifferenti a queste accuse. Là si vive in una sfera ermeticamente riparata da quanto avviene nella vita reale.

Lo scandalo ha convinto Gennari che occorre prendere informalmente contatto con l'avvocato della ragazza e sondarlo per una composizione della vertenza in sede extragiudiziale. Emilia fissa un appuntamento con il collega che non conosce personalmente al caffè dell'Hotel Vesuvio. Gli spiega che il suo assistito si reputa del tutto innocente ma che, per evitare ulteriori sviluppi dello scandalo, è disposto a venire incontro a eventuali, ragionevoli richieste da parte della sua assistita. Si è portata in borsa un piccolo registratore in modo che poi non ci siano speculazioni su quell'incontro. L'avvocato è stato fermo, tanto da risultare scorbutico. La sua assistita non accetta compromessi, intende affidarsi ai giudici.

Secondo Gennari, cui ha riferito dell'incontro, stanno giocando una partita a poker. Non crede che abbiano buone carte, stanno bluffando per alzare il prezzo.

«Emilia, mi sono comunque convinto che sarebbe meglio se ti affiancasse un collega uomo. È importante avere una doppia prospettiva su questo caso. Ho chiesto a Gaspare Isolia di unirsi a noi. Siamo amici da molto tempo. Sono sicuro che collaborerete bene. Tu lo conosci?»

«Certo, ha sposato Carla, una mia collega di università. È un ottimo avvocato.»

Non può rifiutare quella collaborazione che in fondo non le dispiace neppure. Così non sarà da sola a trattare con Gennari, non interferiranno più i loro trascorsi. Non ci saranno più ricordi e allusioni a metterla in imbarazzo.

Si sono incontrati tutti e tre un paio di giorni dopo. Gennari vuole decidere una linea difensiva perché entrambi hanno bocciato quella da lui proposta: una relazione libera tra due persone adulte. Gli hanno spiegato che l'avvocato della parte avversa avrebbe facile gioco a dimostrare che quella relazione non può essere considerata libera, in quanto lui profittava di una posizione di potere. Gennari si limita a commentare: «Ti paio uno così squallido che si fa dare un po' di sesso in cambio di un esame o di un buon voto di laurea? Senza pensare poi che il commercio sarebbe stato terribilmente ineguale. Da una parte l'irrisorio potere di una cattedra, dall'altra quello della bellezza... Vuoi mettere?»

Emilia ha esposto la sua strategia: Gennari e la ragazza sono stati travolti dalla passione e alla fine lui si è sottratto per salvare la famiglia, lei ci è rimasta male e per vendicarsi l'ha denunciato. In tal modo si possono giustificare gli eventuali messaggi intimi e spinti. La passione avrebbe tendenzialmente parificato la posizione dei due. Non si tratta di seduzione né del vantaggio di una posizione di potere. Alla fine Gennari ne uscirebbe come una sorta di martire della famiglia, in nome della quale avrebbe sacrificato un grande amore. Non sarebbe difficile portare qualche testimone dell'entourage di Gennari ad avallare una simile versione.

Isolia invece prospetta una strategia più aggressiva. Bisogna dimostrare che la ragazza ha adescato Gennari con l'intento o di ottenere che lasci sua moglie per lei o di ricattarlo, e Gennari prima c'è cascato, poi se n'è accorto e ha troncato la relazione.

Sono stati tutti e tre d'accordo per aggiornarsi a quando entrambi gli avvocati avranno fatto le loro verifiche.

Si ritrovano dopo una decina di giorni. Gennari continua a ostentare una certa tranquillità sebbene racconti che, oltre alle contestazioni studentesche e alle vendette accademiche, sta cominciando a patire anche un ostracismo sociale. Non lo invitano più a cena, al circolo cui è iscritto da oltre trent'anni lo trattano con imbarazzo. Tutti quelli che lo invidiavano e che si sono sentiti da lui disprezzati ora hanno un pretesto per rifarsi. Sostiene tuttavia che è stato un sollievo non doversi più intrattenere con quegli scocciatori.

Emilia ha nuovamente esposto la sua strategia. Bisogna solo dimostrare che la ragazza non è stata costretta, e ci sono molti indizi che possono provarlo. Non si è trattato di un rapporto libero e libertino. Si è semplicemente innamorata del professore, e il professore di lei. Il fatto che l'abbia portata a cena in ristoranti eleganti dove tutti potevano vederli è un indizio della serietà della loro relazione. La tracotanza di Gennari, che se ne frega dei pettegolezzi e non ha timore di mostrarsi in giro insieme a belle donne, torna ora utile. Inoltre, un paio di suoi amici potrebbero testimoniare di questa sua presunta crisi sentimentale.

Isolia ha invece ingaggiato un investigatore privato che ha fatto ricerche. Ne è risultato che la ragazza ha partecipato a un paio di concorsi di bellezza e a un programma sportivo di una televisione locale come valletta, indossando abiti piuttosto succinti. Ha avuto inoltre un fidanzato imprenditore dalla dubbia reputazione, più anziano di lei. Infine, la famiglia è impelagata in vari fallimenti. Non presenta la biografia dell'ingenua studentessa soggiogata dal cinico professore.

Alla fine, aspettano la decisione di Gennari, che si è alzato dal divano e ha cominciato ad andare su e giù per la stanza. Parla ancora in piedi: «In conclusione, in tribunale la verità deve per forza essere contraffatta. Questa specie di flirt deve passare o per un grande amore o per una truffa.»

«Certo, e a questo servono gli avvocati. A rendere accettabile per i giudici la versione dei loro clienti.»

Gennari si è fermato e ha fissato serio Isolia, spegnendo il sorriso sulle sue labbra. Poi si è voltato verso Emilia: «O devo fare la parte dell'innamorato stagionato o quella del vecchio sedotto. Comunque, sempre la parte del cretino. Forse me lo sono meritato. Tra le due, credo sia preferibile quella del sedotto. Non so se è più credibile, ma certamente piacerà di più ai giudici.»

Emilia torna a casa furiosa. Non ha contestato sul momento la strategia di Isolia per il rischio di passare per delusa dal rifiuto della propria. Per correttezza professionale ha taciuto, però è convinta che stanno commettendo un errore. Ne parlerà con Gennari, da sola. Non può accettare che si demolisca l'immagine della ragazza sulla base di dati che non c'entrano nulla con i fatti in questione.

Insinuare chi sa cosa su una giovane donna bella che ha cercato di mantenersi agli studi facendo i lavori che le sono stati offerti. Trasformare in un'aggravante la reputazione equivoca della sua famiglia nonostante la sua laurea testimoni l'aspirazione a una vita più dignitosa. Un avvocato avrà facile gioco a capovolgere questi argomenti. Può invece essersi innamorata di Gennari perché lui, sicuramente diverso dalle persone del suo ambiente, sarebbe stato in grado di offrirle un'esistenza all'altezza delle sue ambizioni. Senza prove di un raggiro ai danni di Gennari, lei, Emilia, con la sua storia, non intende prestarsi a trasformare quella che si presenta come una vittima in un'impostora. Rimetterà semplicemente il mandato.

Quella notte non chiude occhio. Sente urgente il bisogno di chiarire la sua posizione, di allontanarsi da quella causa e da Gennari, che le stanno togliendo il poco di sonno che le spetta. Durante la prima colazione, si irrita questa volta con Michele che l'invita alla calma, a rifletterci su ancora un po'.

Al telefono Gennari le lascia scegliere se vedersi al suo ritorno da Bruxelles, dove andrà l'indomani, o la sera stessa, a cena. Ha appuntamenti in studio fino a tardi. Sceglie di cenare assieme. Passerà a prenderla verso le nove.

È arrivato in auto sotto il suo studio. Vanno da Rosiello, dove ha prenotato un tavolo.

È scontento della decisione di Emilia d'abbandonare la sua difesa e protesta. Inutilmente lei invoca la coerenza dovuta alla sua militanza femminista e l'inaccettabilità della strategia difensiva scelta. Lui afferma che il dovere maggiore sarebbe stato quello di evitare un'ingiustizia.

«Ma credi davvero che la ragazza ti abbia voluto sedurre per poi ricattarti?»

«No, non lo credo. Penso che lei all'inizio abbia pensato semplicemente di farsi un'avventura con un tipo ai suoi occhi prestigioso. Era curiosa di me. Poi dev'essersi sentita più coinvolta e immagino abbia sperato che lasciassi mia moglie. Quando ha capito che non sarebbe mai avvenuto, che, davanti a questa richiesta, avrei interrotto il rapporto, si è voluta vendicare. Probabile che allora abbia ricostruito a posteriori tutta la storia della nostra relazione come un imbroglio, un'umiliazione. Convincendosene. Inoltre, a lei il processo, lo scandalo costano poco. Anzi è un investimento in popolarità per una che vuole fare la soubrette. Qualcuno deve averle consigliato di andare avanti, di sfruttare la situazione.»

«Allora perché hai scelto di farla passare per una ricattatrice?»

«Perché ha ragione Gaspare, ha *le physique du rôle*, e quindi le si possono attribuire strategie e moventi da ricattatrice. Inoltre, i giudici saranno inclini a pensare che mi abbia raggirato. È sempre un piacere trattare uno come me da coglione. Altrimenti anche in una storia passionale mi avrebbero probabilmente considerato colpevole perché più forte. Soprattutto un uomo di una certa età che fa innamorare una ragazza più giovane suscita invidia presso gli uomini e risentimento presso donne più anziane e brutte.»

«Ma tu perché l'hai fatto? Cosa cercavi?»

«Te l'ho detto. Era un rapporto leggero e divertente. Mi piaceva, le piacevo, ammiravo la sua bellezza, e lei ammirava la mia cultura e il mio carattere. In fondo, oltre che con il sesso, ci intrattenevamo in conversazioni divertenti, buone cene, esperienze inconsuete. Insomma, ci scambiavamo belle cose. L'intervento della legge stravolge questo genere di rapporti, porta inevitabilmente volgarità, umiliazione. Questa sì che è una violenza.»

«E le sue allusioni a un rapporto sessuale sadico che avrebbe dovuto subire?»

«A fare l'amore si è sempre in due. Non si giudica come si arriva all'orgasmo, salvo in caso di coercizione. Lo si accetta oppure no. Lei è tornata varie volte a farlo, sapendo bene quel che le avrei chiesto. Non mi pareva inesperta e, scusami, mi sembrava che anche a lei piacesse.»

Emilia a quell'«anche» è arrossita e ha abbassato lo sguardo sulla tavola.

Gennari ha sorriso prima di aggiungere: «Non alludevo a te con quell'"anche", ma a me.»

È calato il silenzio riempito da un polpo alla luciana su cui entrambi si sono concentrati.

È Gennari a riprendere la parola: «Tu non sei cambiata per niente rispetto a dieci anni fa. Complimenti. Non dico solo per l'aspetto, ma anche per la passione che ci metti... In genere si perde all'età che hai ora.»

«Anche tu mi sembri rimasto tale e quale.»

«Più o meno. Ma io dieci anni fa ero già bello e fatto. Lo so cosa stai pensando, o almeno ciò che potresti pensare. *Anche noi ci stavamo scambiando buone cose, perché allora hai deciso di smettere?* Ma non era la stessa situazione, cominciavo a dipendere troppo da te. Dieci anni fa questo non me lo potevo permettere. Ho riflettuto sul mio desiderio di averti come avvocato in questa vicenda. Non era solo perché mi conveniva. Volevo ritrovarti.»

Emilia interrompe il pasto e lo guarda fisso negli occhi, il viso racchiuso tra le mani, i gomiti poggiati sul tavolo. «Senti, Vittorio, se ora vuoi portarmi a letto, ti prego, non metterti a fare il sentimentale... Mi ammoscia completamente.»

«Ecco, vedi perché ho paura di te?»

Durante il resto della cena si scambiano informazioni sulla loro vita attuale. Gennari ha appena accennato alla moglie e ai figli come fossero dati trascurabili. Lascia intendere che non solo il suo matrimonio, ma anche la famiglia è ormai soltanto un legame legale. Emilia gli ha detto che da qualche anno vive con un ingegnere in attesa di divorzio. Sembrano entrambi imbarazzati a riempire il tempo che li divide dal commiato.

Silenziosi scendono in auto da Posillipo verso la città. Arrivati a Mergellina, Gennari accosta al marciapiede prima di accodarsi alla fila di auto che ingolfa il lungomare.

«Vuoi venire da me? Vorrei che questa nostra serata non finisse così.»

«Ho già sperimentato il tuo rituale di commiato. Vengo, ma non voglio essere il tuo avvocato.»

Alle due di notte un taxi l'ha riportata a casa. Michele dorme. L'aveva avvertito che avrebbe fatto tardi per una cena tra avvocati. L'ha appena salutata quando è scivolata nel letto. Prima di disporsi al sonno, ha pensato che se non dorme di notte è anche perché non fa nulla per rendere migliori le sue serate.

4

Ada

Il loro è stato un matrimonio tardivo. Si sono conosciuti solo dieci anni prima, d'estate, in montagna. Vertani, scapolo sessantenne con poche storie alle spalle, tutte concluse per sua iniziativa, fino ad allora non era riuscito a concepire una donna altrimenti che come un'estranea. Ha potuto credere d'amarle ma comunque restavano estranee. Così al momento di realizzare una convivenza non se l'è mai sentita di dividere casa e vita quotidiana.

Ada, una bella donna di quarantacinque anni, studiosa di storia dell'arte all'Università di Venezia, veniva da una relazione burrascosa con un pittore coetaneo che la tradiva e da un amore clandestino con un anziano professore, sposato con figli e nipoti. I due fallimenti l'avevano scoraggiata, cominciava a pensare che le sarebbe toccato restare sola per sempre. Lui, serio, paziente, scapolo senza complicazioni amorose pregresse né velleità seduttive, le è sembrato l'uomo giusto. Ada ha capito subito il suo carattere anche perché era proprio quello di cui, dopo tante traversie, sentiva il bisogno. Un uomo affidabile, non scomodo, che l'accompagnasse in società. Ha lasciato a lui l'iniziativa degli incontri, rifiutando qualche invito col pretesto di un impegno di lavoro. Si è gentilmente sottratta alle prime avance erotiche costringendolo ad aspettare per un tempo sproporzionato alle loro rispettive età. Il resto l'ha fatto a letto, dove lui non ha vaste esperienze. L'ha guidato alle complessità del piacere, e gli ha sempre dato l'impressione che le stessero scoprendo assieme proprio allora. La sua è stata l'arte della donna superiore in amore. Si è fatta sedurre dall'uomo che stava seducendo.

Il loro rapporto è stato ufficializzato cinque anni prima, subito dopo la nomina di Vertani a procuratore di Catania. Abitando entrambi a Venezia, la loro convivenza si sarebbe comunque ridotta a tre giorni scarsi alla settimana, dal venerdì sera alla domenica. Si era intanto liberato l'appartamento accanto a quello di lui. L'hanno acquistato assieme per unirli. Si sono sposati e lei si è trasferita con quadri, libri e mobili di pregio.

La vita coniugale è stata improntata a un regime di reciproca cortesia. Ada avrebbe desiderato viaggi, cene, incontri ai quali lui ha puntualmente opposto gli impegni del suo ufficio. Il contrasto, tuttavia, si è risolto sempre in silenzi prolungati, ironie amarognole, vistosi sottintesi, mai è esploso in litigi. Da coniugi hanno così conservato ognuno le proprie abitudini, anche se escludono l'altro. Lui non ama il mare, non sa nuotare e non sopporta il caldo. Passa le sue vacanze in una villetta in Val Badia facendo lunghe passeggiate, leggendo libri di storia e carte d'ufficio, soprattutto ascoltando musica classica. Ada gli concede la propria compagnia soltanto per dieci giorni, sapendo che se andasse oltre comincerebbe a soffrire di claustrofobia e noia. Il resto delle vacanze lo trascorre al mare, per lo più dalla sua amica Elvira, a Palinuro. Ormai anche lei sembra considerare questi allontanamenti come la condizione necessaria per la riuscita della loro coppia. Lui comunque ha promesso che sarebbe venuto il momento in cui avrebbero vissuto davvero insieme.

Proprio allo scoccare di quest'ora, a quindici giorni dal suo pensionamento, gli è arrivata la telefonata della domestica in lacrime: «Dottore... Stamattina sono venuta come al solito alle nove e mezza. Non rispondeva... Sono entrata in camera. Era sul letto... l'ho chiamata... non rispondeva...»

Ada è morta. È volato subito a Venezia. Ha trovato il corpo ancora sul letto in disordine. Un infarto fulminante l'ha colta nel sonno, come diagnosticherà il medico legale in seguito all'autopsia. Del resto, il suo cuore aveva già mostrato una fragilità maschile che l'aveva obbligata a regimi e pillole.

Dopo aver affrontato tutte le incombenze che un morto lascia ai vivi per smaltire il proprio corpo, si è ritirato a casa, ha preso dall'armadio il vestito che lei ha indossato per il loro matrimonio, l'ha disteso sul letto, si è seduto su una poltroncina e ha pianto.

Il lutto coincide con una disgrazia professionale che rischia di imbrunirgli una carriera impeccabile, accuratamente tenuta al riparo da accuse e pettegolezzi. Solo dieci giorni prima, è stato appurato che qualcuno del suo ufficio ha tradito. In un'indagine complessa nella quale sono coinvolti politici locali, funzionari di banca, industriali e malavitosi, sono state disposte perquisizioni in un'azienda agricola. Il giorno prima, però, un incendio ha distrutto i registri contabili e i computer. Dopo che hanno messo cimici nei telefoni, negli uffici e a casa di Giosué Capponio, il capo dell'organizzazione criminale, il suo avvocato è stato intercettato mentre informava della cosa uno del clan. Qualcuno li ha avvertiti. Sono solo in tre che hanno saputo per tempo dell'indagine: il sostituto Donghi, il capitano dei carabinieri Rulliano, e lui. Per quanto riguarda la lealtà dei primi due, metterebbe la mano sul fuoco.

La morte di Ada, la carriera offuscata da un sospetto sull'ufficio che ha diretto, la pensione. Il destino sembra averlo scelto come suo avversario, quasi a fargli pagare un'esistenza fino ad allora tranquilla. La coincidenza delle disgrazie gli ha oscurato per intero l'orizzonte della vita.

Sebbene versi in uno stato di prostrazione, non suppone tuttavia l'esistenza di nemici segreti che abbiano ordito la sua rovina. Nella sua lunga attività di magistrato ha imparato a sospettare delle catene logiche serrate. Nelle azioni umane finisce inevitabilmente per introdursi il Caso, perturbandone l'esito. Neppure accetta questa come punizione dei propri peccati. Non prova rimorsi per modestia, perché non ha mai preteso di essere infallibile. Né tantomeno per carattere coltiva la voluttà del lamento. Mentre alla morte della moglie non c'è rimedio, avrebbe invece voluto difendere la reputazione sua e del suo ufficio, un'intera carriera durante la quale si è fatto un punto d'onore di evitare le pagine dei giornali. Adoperare una disgrazia contro l'altra l'avrebbe aiutato. Ma sente di non averne la forza.

Consuma i pomeriggi in poltrona ad ascoltare musica. Ascolta e riascolta in particolare i quattro ultimi *Lieder* di Strauss. Non riesce a concentrarsi nella lettura neppure dei Maigret, e ancora meno a dormire. Nonostante i sonniferi, di notte al massimo arriva a passare un paio d'ore in una sorta di veglia meno sorvegliata. Si fa cucinare soltanto brodini dalla vecchia domestica. La sera mangia un frutto.

Ma la domestica è caduta e s'è ingessata una gamba. Ha provato a chiamare quella di quando era ancora scapolo, che ormai si è ritirata. Le sue conoscenti hanno unanimemente sostenuto la sostituzione assai difficile. Vorrebbe una donna che lavori cinque giorni su sette per otto ore al giorno. Dovrebbe infatti non solo pulire la casa e accudirlo, ma anche cucinare i due pasti giornalieri e almeno a colazione portargli i piatti in tavola. Ormai il servizio è prevalentemente a ore. Finalmente una signora gli segnala la parente della domestica rumena che da qualche anno lavora per lei: la sua è una persona fidatissima, quindi può esserlo anche la cugina. È però arrivata soltanto da un paio di mesi in Italia e conosce poche parole d'italiano.

Riceve la donna accompagnata dalla cugina che fa da interprete, pur parlando lei stessa un italiano appena elementare. Irina non ha più di quarant'anni, sebbene nella sua trascuratezza dia l'impressione d'essere più anziana. Abbastanza alta, i capelli colorati biondi con una tintura scadente che li ha resi di stoppa, è vestita con una tuta da ginnastica di una taglia manifestamente più grande della sua. In patria ha fatto l'operaia in una fabbrica di giocattoli che poi è stata chiusa. È sposata e le due figlie stanno con sua madre in Romania, dov'è rimasto anche il marito, che comunque non sembra molto considerato in famiglia. Finora ha trovato lavoro come badante di una vecchia, che però è stata ricoverata in ospedale e non si sa se ne uscirà. Ha preso in affitto una stanza presso una famiglia rumena di Dolo. Mentre sua cugina, anche lei meno che quarantenne, gli dà queste notizie, Irina tiene gli occhi bassi e si stropiccia nervosamente le dita delle mani. Gli dà l'impressione di tenere molto al lavoro.

Ha chiesto se sa cucinare. Gli occhi della donna si sono illuminati in un sorriso mentre la cugina spiega che in Romania lo faceva e che ha già imparato alcuni piatti italiani. Le piace, quindi sarebbe andata sempre meglio. Quell'aria goffa, la timidezza, il desiderio d'essere assunta l'hanno convinto. D'altra parte, non ha alternative. Irina viene ingaggiata. Inizierà il lunedì successivo, nel frattempo lui si informerà del salario e del contratto.

Le prime settimane d'impiego sono state impervie soprattutto per via dell'ignoranza dell'italiano. Non è stato facile spiegarle come deve servire a tavola o che la tazza di tè bisogna portargliela poggiata su un vassoio. Per il momento non desidera cibi complicati. Le ha fatto comunque cucinare per prova una pasta che è risultata scotta. Le ha chiesto di preparagli una ricetta rumena, anche per non scoraggiarla, e gli è arrivato in tavola un pesantissimo piatto di maiale e polenta che è riuscito appena ad assaggiare. Ancora più complicato è stato insegnarle a quali fornitori rivolgersi per la spesa. Alla fine ha deciso di accompagnarla personalmente dal fruttivendolo, dal macellaio e dal pescivendolo, meravigliandosi della sua stessa pazienza.

Irina va meglio con le pulizie. Si muove silenziosamente e con una certa grazia, eretta e flessuosa. Quando adopera l'aspirapolvere viene puntualmente a scusarsi per il rumore. È infatti silenziosissima. Riesce a muovere le cose, dai piatti da lavare in cucina alle poltrone per pulire il salotto, senza che emettano un suono. Vertani, che ascolta musica per molte ore, apprezza particolarmente questa dote, mentre non sopporta quella sua tuta sgangherata. Gli sembra una questione di decoro, se non addirittura di pulizia. L'ha accompagnata in un negozio specializzato in tenute per persone di servizio e le ha acquistato due chemisier a righine, uno rosa e l'altro azzurro. Quando li ha indossati, ha scoperto con piacere che è più snella di quanto la faceva con la tuta. È benfatta.

È arrivata la convocazione come teste a proposito della fuga di notizie. È volato a Messina. Il procuratore l'ha ricevuto amichevolmente. Si conoscono da tempo essendo della medesima generazione, hanno già collaborato quando era a Catania, si danno del tu. Si astiene dal parlare del procedimento ma tiene a dirgli che l'ha attribuito a uno dei più fidati sostituti. L'ha chiamato per presentarglielo personalmente. Poi è uscito, lasciando ai due il suo studio. È stato un ulteriore riguardo.

Rimasti soli, il sostituto ha iniziato in un tono deferente con alcune generiche domande sulla sua esperienza al tribunale di Catania. È passato poi a farsi raccontare come sono maturate quelle decisioni carpite dagli indagati, chi ne era informato e quando. Gli ha domandato se avesse sospetti. Si è preso un po' di tempo per trascrivere le risposte. Quando sta per considerare terminato il loro incontro, solo allora il magistrato cambia tono e destituisce quell'espressione benevola con cui ha mascherato il suo volto: «Dai tabulati telefonici risulta che in quelle giornate lei telefonò varie volte a sua moglie e a un numero che corrisponde a quello del signor Dascìa, Tommaso Dascìa.»

«Certo... è il proprietario del ristorante Tommasino, dove abitualmente mi recavo per cena. Prenotavo un tavolo.»

«E durante la cena si ricorda se incontrò qualcuno?»

«Non credo proprio. Preferisco cenare da solo e ritirarmi presto. Non ho molte amicizie a Catania.»

«A noi risulta che spesso si sedeva al tavolo per farle compagnia il Dascìa stesso.»

«Poteva accadere. Era gentile. Veniva spesso a scambiare quattro chiacchiere.»

«E lo fece pure quelle sere?»

«Può darsi, ma non lo ricordo in particolare.»

«E di cosa parlavate?»

«Di cose senza importanza. Del tempo, di qualche fatto di cronaca, di quel che c'era al Teatro Massimo Bellini.»

«Non avete parlato di cose attinenti alle inchieste?»

«Ma che dice... Mai.»

«Lei in genere portava fuori dal tribunale, nella sua borsa, documenti d'ufficio?»

«Poteva accadere se prevedevo di lavorare dopo cena.»

«Quei giorni aveva con sé la borsa piena di documenti?»

«Non lo escludo.»

«E se si allontanava per andare alla toilette, la portava con sé?»

«No. Ma chi vuole che venisse ad aprire la borsa, fotografare i documenti e poi richiuderla nel bel mezzo di un ristorante affollato mentre io pisciavo?»

Ha adoperato quella parola volgare per manifestare la sua insofferenza per il tono che ha preso l'interrogatorio.

«Signor procuratore», continua a chiamarlo così, «lei sa che il Dascìa è il cognato di Giosuè Capponio, il presunto capo dell'organizzazione criminale?»

«No, non lo sapevo.»

Torna dunque a Venezia da sospettato.

Continua a passare le giornate seduto in poltrona ad ascoltare musica. In più ha ricominciato a leggere. Prima qualche Maigret, poi è riuscito ad arrivare in fondo a una biografia di Cesare. Non ha voglia di uscire e tantomeno di accettare gli inviti a cena da parte dei pochi amici che ha. Ha trovato particolarmente insopportabile l'insistenza di una signora sessantenne e vedova che non solo continua a invitarlo a cena e a teatro, ma si è anche offerta di venire a tenergli compagnia. In effetti intorno a lui si è creato un fastidioso interesse. Il figlio di un cugino defunto, che conosce appena, è venuto a fargli visita assieme al figlioletto di quattro anni. L'ha incontrato l'ultima volta tre anni prima al funerale del padre. È tutta un'esibizione d'affetto e familiarità. È arrivato a suggerire al bambino di chiamarlo nonno, visto che un nonno non ce l'ha più. Fino ad allora ha trattenuto l'irritazione, ma davanti a quella pretesa non si è più contenuto: «Ma che nonno e nonno. Guarda che con te e tuo figlio o non siamo niente o siamo appena cugini di ottavo grado... Quindi, se proprio vuole, il pargolo mi chiami cugino.»

Non l'ha più rivisto.

Irina ha mostrato una straordinaria capacità di apprendere l'italiano, grazie anche al suo impegno nel correggerla e spiegarle. Si è appassionato a questo insegnamento e per un'ora al giorno le sta facendo lezione. Così otterrà un servizio più efficace. Ha cercato di conoscere meglio la sua vita, con il pretesto di farsela raccontare in italiano. Così ha saputo che viene da Galati, nella Moldavia rumena; il padre è stato funzionario di partito, la madre insegnante. Lei ha studiato Pedagogia all'università, senza laurearsi. Alla morte del padre, è entrata in fabbrica. Si è sposata con un operaio e hanno avuto due figlie che ora hanno dodici e quindici anni. La fabbrica è stata chiusa, lavoro non ce n'è più. Il marito è rimasto, lei è partita per raggiungere la cugina in Italia. Una mediocre biografia se non fosse per il fatto che fino a ventitré anni ha danzato nel corpo di ballo del teatro di Galati. Poi si è rotta un tendine. È da lì che viene l'eleganza dei movimenti che sempre più lo incanta?

La scintilla che ha cambiato il rapporto tra loro è scaturita dall'esigenza di mettere ordine negli armadi. Ada possedeva il guardaroba vasto di una signora elegante di cinquant'anni che ha cominciato a vestirsi con abiti lussuosi a partire dai venti. Ereditata una discreta fortuna in seguito alla morte di entrambi i genitori, non avendo fratelli, ha potuto precocemente permettersi di spendere, scegliendo con il gusto di una collezionista che s'intende d'arte. In quegli armadi sono custoditi trent'anni di storia della moda. Cosa farne? Che senso ha conservare tutta quella roba? D'altra parte non si può mica buttarla via. Gli è venuta l'ispirazione, conforme alla sua natura di uomo ordinato, di catalogarla in vista di una vendita o di una donazione. Così gli sembra anche di fare qualcosa per Ada. Con l'aiuto di Irina comincia a schedare quegli abiti. Per ognuno allega alla foto la marca e una descrizione sommaria.

«Ma la fotografia di questi vestiti stesi sul letto non rende. Dovrebbero essere indossati. Te la sentiresti, Irina, di metterli?.»

Così dal catalogo passano alla sfilata. Irina è solo un po' più magra e alta di Ada e i vestiti le vanno perfettamente.

Anzi, addosso a lei li apprezza molto più di prima. Lui si siede in poltrona, lei si prepara in camera da letto, esce e si fa guardare. Le chiede di girarsi, di fare quattro passi, di mettersi di profilo. La fa sedere sulla poltrona di fronte a lui, in silenzio. Restano così per un po' di tempo senza scambiarsi parole che non siano l'indicazione per una posa. Ubbidiente esegue, non mostrando piacere né turbamento, senza sorridere, senza imbarazzo. Seria seria, sembra che stia eseguendo un compito come un altro. Nonostante non sia truccata né pettinata, Irina così abbigliata è bella, anche perché sa indossare ogni capo, che si tratti di un tailleur di Chanel, di uno smoking di Yves Saint Laurent, di una gonna a palloncino di Dior. Ha un'eleganza naturale; forse le viene dalla danza, forse dall'aspirazione sopita ad avere un'altra vita, diversa da quella che le è toccata.

La sfilata è diventata il suo passatempo preferito. Non si è accontentato solo di farle indossare gli abiti, le ha fatto calzare le scarpe e adoperare i trucchi di Ada. Lei si prepara impiegando il tempo necessario, lui l'aspetta leggendo un libro, quand'è pronta restano un po' assieme in silenzio e poi inizia a fotografarla. Passano così almeno un'ora al giorno. Dopo qualche seduta, gli sono risultati insopportabili quei capelli orribili e la peluria sulle gambe. Guastano l'effetto degli abiti che indossa. L'ha mandata a sue spese dal parrucchiere e dall'estetista di Ada.

Questo compito non ha tuttavia alterato i comportamenti di Irina, che continua a tenere in ordine la casa con cura, lo serve a tavola mentre lei mangia in cucina, chiede sempre scusa quando accende l'aspirapolvere. Non gli rivolge mai la parola se non per chiedere il da farsi. Altrimenti si limita a rispondere.

Le ha dato un po' di soldi extra per permetterle di comprare qualche vestito che sostituisca le tute e le scarpe da ginnastica da lei abitualmente adoperate.

Dopo tre mesi e mezzo il pensiero di sua moglie non l'ha abbandonato, ma non ha più il potere di spingerlo in una melanconia funerea.

Gli sono arrivate notizie dall'amico procuratore di Messina, che ha avuto la delicatezza di chiamarlo. Gli inquirenti stanno sospettando del sostituto Donghi per via della sua vita privata. È omosessuale e frequenta ambienti che facilmente possono essere infiltrati da quelli malavitosi. In particolare, tra le sue amicizie pare ci sia un giovane pregiudicato per questioni di droga.

Al telefono ha difeso Donghi. Continua a pensare che non sia responsabile di quell'indiscrezione criminale. Per come lo conosce è una persona salda, che non si sarebbe piegata neppure sulla spinta del desiderio. Come si arriva all'orgasmo è un affare personale e non è giusto, come tendono a fare certi poliziotti, giudicare più deboli le persone che ci arrivano in una maniera meno conformista (ha usato proprio questo termine). Si è sorpreso lui stesso della propria veemenza.

I fine settimana senza Irina passano lentamente. Le ha chiesto come impiega il sabato e la domenica, ottenendo risposte generiche: «Faccio il bucato, stiro, vedo mia cugina, chiamo le mie figlie, mi riposo...» Nulla di ricreativo, quasi solo servizi. Allora che senso ha non venire da lui anche il sabato e la domenica col patto che l'avrebbe lasciata libera di fare ciò di cui ha bisogno? Avrebbe continuato a mangiare di giorno al ristorante di Fondamenta degli Ormesini, lasciandole a disposizione almeno mezza giornata. Ovviamente, se avesse accettato, le avrebbe aumentato lo stipendio. Gli danno settemila euro di pensione al mese, ha da parte oltre settecentomila euro, aspetta una cospicua buonuscita e avrebbe ereditato dalla moglie quasi due volte tanto. Tanti soldi e non sa cosa farne, per chi e con chi spenderli. Quest'inutilità gli sembra il bilancio triste di un'intera esistenza. Almeno avrebbe avuto un servizio migliore.

Irina si è informata su quanto lo stipendio sarebbe stato aumentato per rinunciare al fine settimana libero. Lui che ha pensato di proporle trecento euro, per paura che non accetti sul momento ha detto cinquecento. Irina ha accettato.

Le lezioni d'italiano sono continuate. Ormai Irina è padrona di un discreto lessico anche se ogni tanto continua a storpiare qualche parola. È riuscito così ad avere alcune notizie in più sulla sua famiglia. Le due figlie vanno a scuola e lei si fida della madre, che le sta educando bene. Non altrettanto del marito che, sempre disoccupato, vive di lavoretti. Più che un poco di buono, dev'essere un debole, beve. Ha cercato di tenerlo lontano dalle figlie. Manda la maggior parte di quello che guadagna alla madre. Vuole impiantare un'attività nella sua città, un negozio o una palestra, che le consenta di far studiare le figlie e vederle crescere.

Continuano anche le sfilate. Lui conserva le foto in un album. Il protocollo è sempre lo stesso. Lei si prepara in camera, esce, stanno un po' assieme in salotto, poi la fotografa con la Polaroid mentre posa con l'imperturbabilità di una professionista. Le fa indossare tutto con l'eccezione dei gioielli, che restano chiusi in cassaforte. Pensa con sconforto al momento in cui l'intera collezione sarà stata indossata e fotografata. Quel gioco è la parte migliore della sua giornata. Per prolungarlo, le chiede di cambiare le combinazioni dei capi che ha già indossato. Irina decide gli accostamenti: quale camicia mettere sotto una giacca, che scarpe accoppiare ai pantaloni, quale pullover far spuntare da un cappotto. Rivela una predilezione per l'uniformità dei colori, per quello che si sarebbe forse definito uno stile classico, ma riesce anche a combinare gli abiti più eccentrici. Non mostra alcun pudore per scollature vertiginose o per gonne cortissime che accoppia anche a stivali alti aggressivi.

Un pomeriggio è uscita dalla camera con una giacca Armani, e dopo le solite foto gli ha dato un biglietto che ha trovato in una delle tasche.

L'ELISIR D'AMORE HA CONTINUATO
A SUONARE A LETTO TUTTA LA NOTTE.
MAI MI SONO SENTITO COSÌ.
IL TUO CORPO È IL MIO ELISIR. A.

Ha pensato subito che quel biglietto provenisse dal passato remoto di Ada, dove lui non aveva ancora un posto. È stato scritto dopo una notte d'amore e nella prospettiva di averne altre. Chi l'ha scritto? Quella «A.» poteva stare per Andrea, Alvise, Antonio... ma nessuno degli ex amanti che gli ha talvolta nominato ha un nome che inizia con la A. Che sua moglie abbia avuto una furiosa notte d'amore comunque l'ha sorpreso, sgradevolmente sorpreso. Le immagini sensuali che irresistibilmente gli si impongono con dolore contrastano con quella che conserva di lei. Nel suo ricordo, Ada è da tempo la moglie che lo aspettava a cena il venerdì sera per chiedergli com'era andata a Catania, a che punto erano i processi più importanti, quella che lo prendeva in giro per la sua fissazione per l'ordine, per la misantropia. Una donna disinteressata al sesso, materna. Quel biglietto lo turba. Ha chiesto a Irina di interrompere il loro gioco per quel pomeriggio. C'è qualcosa di inquietante che non torna in quel biglietto.

L'ha scoperto presto. Si è ricordato che *L'elisir d'amore* l'hanno dato alla Fenice qualche mese prima della morte di lei. C'è andata di giovedì mentre lui era a Catania. Dopo lo spettacolo si sono sentiti per pochissimo perché lei ha accusato un mal di capo. Ada dunque aveva un amante.

Questa scoperta ha avuto il potere di riannodare i suoi vincoli con la morta che si stavano dolcemente allentando. Non capisce se si tratta solo di gelosia perché ha dato a un altro quello che era suo; o anche d'invidia per le feste erotiche che si è concessa e che lui crede di non aver mai vissuto. Non sopporta che sia stata un'altra donna, diversa, più affascinante di quella che conosceva. Dal solo laconico bigliettino si capisce che con quest'uomo è stata ardita, e la loro intesa sensuale è stata intensa. La parte di se stessa che gli ha sottratto era più importante, di certo quella che le dava più piacere. Non essere stato capace di scoprirla, di conquistarsela, lo mortifica. Chi era A.? Era bello, affascinante, potente? Era migliore di lui, di sicuro. Avrebbe voluto conoscerlo, anche perché così avrebbe capito meglio com'era l'altra Ada, quella che aveva perso e che si era perso.

Certo non può andare in giro a chiedere agli amici se conoscono l'amante di sua moglie. Né gli sembra che serva a qualcosa rivolgersi a un investigatore privato per indagare su una relazione defunta. Prova un certo pudore a coinvolgere altri in un'inchiesta. Ha cercato nel telefonino di Ada ma non ha trovato nessun numero corrispondente a un nome che inizi per A, se non quello di un'amica d'infanzia. Non ci sono neppure numeri sconosciuti ripetuti né messaggi compromettenti. Ada deve averli cancellati tutti. Forse qualche risposta avrebbe potuto averla soltanto dal suo computer, ma non possiede la password per accedervi. Si è messo a cercare nelle sue carte, senza però trovarla.

La scoperta ha avuto conseguenze anche sui rapporti con Irina. Gli è passata la voglia di giocare alle sfilate. L'averlo fatto gli conferma un'immagine molliccia, infantile di sé, quella per la quale, ne è convinto, Ada l'ha tradito. Anche Irina, cosa deve pensare di lui? Che è un vecchio voyeur feticista?

Il tradimento l'ha anche liberato dal ritegno che finora l'ha immobilizzato. Ora si sente autorizzato a comportarsi come vuole, non deve più spiegazioni né ai vivi né ai morti. Ha voglia di uscire di casa con Irina, di coinvolgerla non solo in un gioco privato. Vorrebbe riprendere a vivere. Le ha proposto di accompagnarlo alla Fenice, dove tra due settimane andrà in scena un balletto. Non gli importa se tutti lo vedranno in quella compagnia. E poi non sono stati alla Fenice anche Ada e il suo amante prima della loro notte d'amore? Questa volta Irina ha accettato subito, dopo pochi minuti però è tornata a dirgli che ci ha ripensato: come avrebbe fatto a tornare a Dolo così tardi?

«Se vuoi ti prendo una pensione per quella sera. Altrimenti puoi dormire qui, nella stanza degli ospiti.»

«Se proprio vuole che vengo, per me va bene anche dormire nella stanza degli ospiti.»

La sera del balletto, una sera d'aprile in cui si è già accarezzati da una indiscutibile brezza di primavera, le ha dato il permesso di indossare un abito di Ada. E l'ha mandata a sue spese dal parrucchiere e a mettersi lo smalto alle unghie. Irina ha provato una gonna al ginocchio sotto una camicetta e una giacca di Kenzo. Una tenuta troppo sobria, buona per andare a passeggio, non a teatro, ha osservato Vertani. Cerca di non mettersi in vista, di passare la più inosservata possibile. Lui invece desidera proprio il contrario: tutti devono chiedersi chi sia quella bella donna che l'accompagna. Nessuno avrebbe pensato alla sua domestica, e se pure lo avessero pensato chi se ne importa... Vuole che gli attribuiscano un'amante affascinante, desidera essere invidiato. È quindi lui a scegliere per lei una camicia di seta bianca trasparente e lo smoking di Yves Saint Laurent che la fascia mettendo in risalto il suo corpo di ex ballerina. Sopra uno spolverino nero lungo e sotto scarpe dal tacco dodici, che Irina porta con disinvoltura.

La fanno più alta di lui quasi di una spanna. Per l'occasione le ha concesso anche orecchini pendenti con smeraldi. Irina, docile, l'ha lasciato fare.

Da casa al teatro, Irina non è passata inosservata. Bella e appariscente ha attirato gli sguardi dei passanti e, in un paio di casi, anche commenti ammirati. Vertani avanza accanto a lei trionfante. A teatro ha incontrato conoscenti con cui si è limitato a scambiare saluti distanti, scoraggiando approcci. Irina ha seguito con attenzione il balletto mentre lui si è distratto, spesso guardandola furtivamente. All'uscita sono andati a cena nel ristorante accanto al teatro. Una coppia di conoscenti non ha tolto loro gli occhi di dosso.

Dal menu ha scelto per entrambi perché vuole che assaggi le specialità della casa. Per tutta la cena, Irina ha taciuto se non per rispondere in maniera minima quando le ha chiesto come trovava i piatti.

«Mi sembra che la serata non ti sia piaciuta.»

«No, no. Il balletto era bellissimo e bellissimo il teatro.»

«Allora? Cos'è che non va?»

«Niente. Forse sono troppo elegante. Non sono abituata a essere guardata tanto.»

Si sono subito congedati dopo essere tornati a casa. Lei si è ritirata nella stanza degli ospiti, lui in camera sua.

L'indomani alle otto e mezza, in vestaglia, si è seduto a tavola, dove Irina gli ha servito la colazione.

In una vecchia agenda di Ada ha trovato l'indicazione di una password per la posta. Non sa se l'abbia poi cambiata ed esita a verificarlo. Il desiderio di sapere è combattuto da una sorta di vergogna nel violare l'intimità di sua moglie e scoprire qualcosa che possa sconvolgerlo. La password è ancora quella giusta. Nella posta non ci sono tuttavia lettere indirizzate a un uomo il cui nome inizi con la A. C'è però, di qualche ora precedente la sua morte, un'ultima lettera a Elvira, l'amica che l'ospita ogni estate a Palinuro. Come oggetto porta «Addii»:

Elvira, Aldo sta per venire da me per passare probabilmente l'ultima notte in cui staremo assieme. Arriverà in aereo stasera e ripartirà domattina, lasciandomi disperata alla vita con Saverio. Ho sbagliato tutto. L'ho sposato perché mi illudevo di trovare con lui quella serenità che non ho mai avuto. Ma si è rivelato un egoista, incapace di scomodarsi per amore. Non si è scostato in nulla dalla sua vita squallida di scapolo nevrotico. Non ha mai fatto lo sforzo di conoscermi. Trovo insopportabile che non s'accorga di quanto io non lo sopporti. Sono più sola di quando ero sola. Aldo mi ha rivelato cos'è l'amore. Ora se ne andrà per sempre e, ti assicuro, preferirei morire tra le sue braccia che perderlo, che il mio cuore spossato cedesse piuttosto che tornare...

Vertani ha smesso di leggere. Ha cancellato, rimosso la lettera e svuotato il cestino.

Sono stati giorni terribili, molto peggiori di quelli successivi alla morte di Ada. Si è ammalato. Una febbricola subdola e costante, l'insonnia e l'inappetenza l'hanno indebolito al punto da rendergli insopportabile qualsiasi spostamento dalla poltrona. Dimagrisce a vista d'occhio. Non accetta di rispondere al telefono e non vuole vedere nessun conoscente. L'unica persona di cui tollera la presenza, seppur silenziosa, è Irina, che continua a preparargli brodini di carne destinati a essere appena assaggiati.

Il medico ha trovato le sue condizioni molto preoccupanti. Sarebbe stato meglio non lasciarlo mai solo, perché il cuore avrebbe potuto cedere da un momento all'altro. Così ha proposto a Irina di trasferirsi in casa. In cambio le avrebbe aumentato lo stipendio a duemilacinquecento euro al mese. Lei avrebbe inoltre risparmiato i soldi dell'affitto. Irina ha accettato a condizione però che le compri un computer per poter comunicare con la famiglia. Le ha dato i soldi per acquistarne uno.

Per tutto il mese di maggio, è restato in quello stato di apatia, come stordito dal dolore e incapace di reagire. Irina si è trasformata in un'infermiera. Gli misura periodicamente la febbre, gli somministra le medicine, lo aiuta ad alzarsi dalla poltrona quando è troppo debole. Il pomeriggio, seduti l'uno accanto all'altra, passano un paio d'ore ad ascoltare quasi sempre la stessa musica. Oltre a Strauss, i *Lieder* di Schubert, le *Variations sérieuses* di Mendelssohn, i quintetti per archi di Brahms. Solo musica da camera. Vertani non riesce più a sentire la *Quarta sinfonia* di Mahler che, da quando a sedici anni comprò il disco, il suo primo disco, è la sua musica preferita. La sentiva quasi sempre canticchiando il motivo e muovendo le braccia come se dirigesse l'orchestra. Per il resto del giorno Irina rimane nella sua camera, per lo più dinanzi al computer. Di notte lascia la porta aperta.

A inizio giugno sembra stare meglio, non ha più la febbre, ha ripreso a mangiare, qualche sera hanno ascoltato assieme un'opera. Lui le racconta prima la trama e durante l'ascolto le segnala i momenti più belli. A Irina è piaciuta molto *Carmen*, di cui conosceva già alcuni brani. L'hanno riascoltata più volte. Una mattina le ha chiesto di accompagnarlo in una passeggiata verso i giardini. Non era uscito dalla sera della Fenice. Si sono fermati molto prima in un caffè di Riva degli Schiavoni, comunque si è goduto quell'aria di primavera. Ha mangiato mezza brioche.

Al ritorno a casa ha acconsentito a rispondere alla telefonata del procuratore di Messina. I sospetti gravano sempre più sul sostituto Donghi. Probabilmente in quelle sere ha incontrato il suo amante pregiudicato, che potrebbe aver spiato negli incartamenti. Ma su questa base non si può aprire un procedimento, quindi l'inchiesta si sta indirizzando verso un non luogo a procedere.

Povero Donghi, anche senza essere condannato si sarebbe portato per sempre dietro questa macchia. Continua a pensare che non possa essere stato lui il responsabile di quella fuga di notizie. Chissà come e per quale via, sono state carpite da persone interne all'organizzazione che spiano il tribunale, non di certo per la sbadataggine o l'ingenuità di un magistrato e di un carabiniere, entrambi attenti e integerrimi. Forse è colpa sua che non ha controllato.

È stato a fine luglio, quando stava pensando di trasferirsi con lei nella villa in Val Badia, che Irina gli ha comunicato di volergli parlare.

«Certo. Perché quest'aria solenne? Sono qui. Parla.»

«Dottore, io me ne vado. Parto la settimana prossima. Torno a casa.»

«E perché? Ho fatto qualcosa che ti è dispiaciuto?»

«No... non ha fatto nulla di male. Non è questo il problema.»

«Allora perché mi vuoi lasciare?»

«Io non voglio lasciare lei, voglio tornare nel mio paese, dalla mia famiglia.»

«Ma noi due abbiamo vissuto assieme per oltre un anno...»

«E credo che non si può lamentare di me.»

«No che non mi lamento... Vuoi che ti aumenti la paga? Non c'è problema.»

«Non è questo il problema.»

«E qual è questo problema?»

«Che voglio tornare dalle mie figlie, e per farlo devo lasciare lei.»

«Io ti voglio bene.»

«Anch'io le voglio bene, ma ne voglio di più alle mie figlie.»

«Ma io non posso vivere senza di te.»

«Io non posso vivere invece senza le mie figlie. Né le mie figlie senza di me.»

«Se resti ancora un po' con me ti pagherò bene. Potrai poi tornare come una donna ricca.»

«Mio marito ha trovato finalmente un lavoro come magazziniere, io ho messo un po' di soldi da parte. E mia madre è stanca e malata, non può più occuparsi delle ragazze.»

«Lo sai che non ho altri al di fuori di te.»

«Io invece ce li ho. E non posso fare altrimenti.»

Per gli ultimi giorni, non hanno cambiato l'impiego giornaliero del tempo, né sono tornati più sull'argomento "partenza". È stato generoso con la buonuscita, le ha fatto un bonifico di diecimila euro.

«È l'unica cosa che ho che ti faccia piacere. E voglio che tu abbia piacere.»

«Non è vero, dottore, molte cose che abbiamo fatto assieme mi hanno fatto piacere. Tornerò a trovarla appena possibile. Possiamo scriverci. Vorrei tanto che le mie figlie la conoscessero.»

Irina è partita di mattina presto con una grande valigia. Aveva spedito alcuni pacchi per corriere nei giorni precedenti. Lui le ha prenotato un motoscafo per portarla all'aeroporto. L'ha sentita dal letto chiudere la porta.

Ci ha messo poco a capire che Irina aveva ragione. Ha caricato il loro rapporto di tutto l'affetto di cui aveva bisogno, ma non ha per questo il diritto di cambiarne la natura. Lei si è prestata ai suoi capricci perché facevano parte del servizio, senza discuterli né condividerli. È vero, è stato sempre gentile e generoso, ma come lo può essere un padrone. Solo adesso che l'ha persa si è accorto di amarla. Finora l'ha pensata come una persona di cui disporre, non l'ha trattata come una donna che si ama. Ha comandato e pagato, e forse proprio per questo se n'è innamorato. Perché non doveva preoccuparsi di capirla, di tener conto dei suoi desideri, di scostarsi da se stesso, «scomodarsi» diceva Ada nella lettera a Elvira. Questa è la sua natura, e quindi il destino che deve accettare. Il matrimonio è stato un'illusione. Una cosa però può riconoscersela, è innocente. Onesto è stato con Ada, non le ha mai promesso una passione. E onesto lo è ora, con Irina. Quando un uomo della sua età richiede l'attenzione di una donna come Irina deve pagare ed essere gentile, non può pretendere l'amore, e neppure permettersi di complicare il rapporto col proprio amore. Stare ai patti e tenersi a bada, alla sua età, è la cosa più difficile, giusta e pulita. Continua insomma a pensare come un magistrato anche se si tratta di sentimenti, dove le regole della giustizia vigono come leggi straniere.

È in pace con se stesso, ma infelice e rassegnato all'infelicità.

In agosto, come tutti gli anni, si è spostato in Val Badia. La salute, anche grazie all'aria di montagna, va meglio, nonostante continui a passare sveglio gran parte delle notti. L'accompagna la mancanza d'Irina, il rimpianto di non aver vissuto meglio e di più in sua compagnia. Avrebbe potuto tornare con lei a Parigi o a Londra, andare a teatro. Si rende conto che le cose davvero perdute sono quelle che non si sono fatte. Si è però rappacificato col pensiero di Ada. Non ha più risentimenti. Non si tratta di perdonare, operazione equivoca e inefficace. Il dolore per la perdita di Irina ha neutralizzato l'altro. Se ne è fatto una ragione, anche perché è ormai certo di non averla mai amata. Il loro matrimonio è stato un errore. Pensa a quanto deve aver sofferto. Si è illusa di cambiarlo e ingannata sulla capacità di rinunciare ai propri desideri. A cinquant'anni non ha abbandonato quello che aspettava dalla giovinezza. Da quando pensa che non ci siano stati colpevoli, soffre meno. Non ci sono neppure più vittime. O forse sono tutti vittime. Resta tuttavia per ore in poltrona, incapace di concentrarsi su qualcosa e senza addormentarsi. Intraprende letture che non porta a termine, accetta proposte di conoscenti per passeggiate ma poi disdice gli appuntamenti. È triste non tanto per il passato, ma perché non s'aspetta più nulla dal futuro.

Anche in montagna ha dovuto fare i conti, per quanto siano poche, con le cose che appartenevano a Ada. In un borsone ha trovato la ricevuta di un hotel di Parma rilasciata al signor Aldo Palìa di Roccaforte. Ecco dunque chi è Aldo, un aristocratico siciliano.

È tornato a Venezia col desiderio di conoscere qualcosa di quest'uomo; desidererebbe persino vederlo, incontrarlo, capire perché Ada si è innamorata di lui. Trattandosi di un siciliano, ha pensato che il capitano Rulliano potesse aiutarlo. I carabinieri, in fondo, sono in grado di sapere sempre tutto.

L'ha chiamato e dopo i convenevoli, senza naturalmente spiegargli perché, gli ha chiesto se può raccogliere informazioni su un certo Aldo Palìa di Roccaforte.

«Se vuole, signor procuratore, le raccolgo facilmente. Posso già dirle che è uno spiantato, un avventuriero che non ha altro che il titolo e un bell'aspetto. Si presta ad affari loschi ed è vicino a quel gran signore di Giosuè Capponio, che lo usa quando gli serve. Ma se vuole informazioni relative a un caso particolare, mi faccia sapere. Resto sempre ai suoi comandi.»

«No, capitano, grazie. Mi basta così.»

Tutto è apparso improvvisamente illuminato da una luce nuova. Adesso capisce le domande di Ada sulle sue inchieste. Le ha apprezzate come fossero un interessamento nei suoi confronti. Era invece questo Aldo che voleva sapere. È stato dunque lui stesso la talpa involontaria. Torna pure che dopo aver ricevuto queste indiscrezioni volesse lasciarla. Se Ada innamorata avesse reso pubblico il loro rapporto, tutta la trama sarebbe stata scoperta. Che l'abbia per questo uccisa, visto che era a letto con lei quando è morta? No, questo lo esclude, l'autopsia parla di infarto fulminante. Il suo cuore era malato e loro non si sarebbero mai arrischiati a tanto. Forse non l'ha soccorsa. D'altra parte, nella lettera a Elvira, lei dice di preferire questa fine a quella della relazione. Denunciare l'inganno sarebbe inutile e coinvolgerebbe non solo lui ma anche Ada in uno scandalo. Ha già dato tanto della sua vita alla giustizia.

È stato implicato in un raggiro a causa della sua inabilità a farsi amare. Ada però ha conosciuto l'illusione dell'amore solo grazie al fatto di essere sua moglie, grazie a lui. Qualcosa per lei, dunque, l'ha fatto.

Ha messo sul giradischi la *Quarta sinfonia* di Mahler. Per la prossima stagione rinnoverà l'abbonamento alla Fenice.

5

Lea

Non le è mai piaciuto quel quartiere. Non si spiega come la borghesia abbia potuto trasferirsi negli anni Sessanta in un posto lontano dal mare, senza vista né giardini, con una sola strada di collegamento verso il centro. E non è la sola stranezza della città. C'è arrivata quasi trent'anni prima per sposarsi, eppure, sebbene sia facile viverci, ha continuato a sentirsi un'estranea. Anche perché, se non hai fatto le scuole là, continuano a trattarti come tale.

Non le piace neppure il dottore. È vero che gli psicanalisti parlano poco, non si capisce però perché dovrebbero guardare con sussiego o noia i pazienti, che se fossero diversi da come sono, non spenderebbero i loro soldi così. È sicura che spesso si distrae, smette di scrivere e perde lo sguardo oltre lei, sul muro. Un po' lo capisce, è la prima ad annoiarsi nel dirgli sempre le stesse cose. Non avrebbe fatto mai quel mestiere, benché qualcosa in comune col suo ce l'abbia. Anche a lei, come giudice, tocca ascoltare quello che le dicono, cercare di capire se le nascondono qualcosa. Anche lei deve impicciarsi dei fatti altrui.

Ha deciso di andare dallo psicanalista un paio di anni prima. Mangiava troppo o troppo poco, dormiva ancora meno, era spesso nervosa e impaziente, ogni tanto le capitava di scoppiare in lacrime per un inceppo banale, senza un plausibile motivo. Suo marito ha sentenziato che ha preso male la menopausa. In effetti non c'era una motivazione evidente di questo malessere se non forse, oltre a una generica insofferenza verso la propria vita, la percezione di un cambiamento indesiderato. Ancor più che davanti allo specchio dove si predispone, ha provato una sensazione sgradevole di estraneità quando senza preavviso una superficie riflettente, una vetrina, le ha rimandato la sua immagine. Il corpo si stava rimodellando per un'altra età. Si rimpolpava deformandosi per poter attutire gli ulteriori colpi che sarebbero venuti. Nel viso non tanto sono invecchiati gli occhi quanto la bocca, incapace di mentire, che si è atteggiata con due solchi ai lati in una smorfia come di disgusto. Un'amica le ha decantato le lodi del dottore che l'ha aiutata quando il marito se n'è andato con un'altra. Sembrava dunque attrezzato proprio per il soccorso femminile.

La sua cura, tuttavia, non ha dato molti frutti. Secondo lui, non le ha attribuito abbastanza importanza perché non ha abbastanza voglia e coraggio di cambiare vita. Ora deve riconoscere che non ha torto. Il centro della sua vita, ciò da cui si aspetta qualcosa, non è la psicanalisi, né suo marito, né il figlio, o il lavoro, né tantomeno la sua infanzia. È da Giuliano che vorrebbe qualcosa. Non che lo avesse sempre saputo. Anzi, ha pensato che la sua funzione fosse solo di complemento. Stava compensando quel pezzo di gioventù che le è mancato perché troppo presto si è fidanzata con l'uomo che avrebbe poi sposato. Suppliva a letto lo scolorito desiderio suo e del marito, riempiva il vuoto lasciato dal figlio che è andato a studiare a Milano. Era un lusso che si concedeva e le iniettava l'energia per applicarsi al resto, che costituiva l'essenziale. Adesso, invece, tutto il tempo passato lontano da Giuliano non conta, non aspetta altro che incontrarlo. Come sempre, ci si rende conto di quanto sono necessarie le cose e le persone soltanto quando sono perdute.

La loro storia non è cominciata subito. L'ha conosciuto all'epoca in cui, per mantenersi agli studi, la sera lavorava come cameriere in un ristorante frequentato da suo marito. Sono entrati in confidenza con questo bel ragazzo distinto e spiritoso che li serviva sempre personalmente. Poi l'hanno perso di vista. L'ha rincontrato per caso da sola un anno dopo in libreria, e lui l'ha invitata al bar. La disinvoltura della proposta l'ha spinta ad accettare. Nel caffè si è indirizzato verso un tavolo e lei l'ha seguito. Una volta seduti, ha saputo che si è laureato in Economia e commercio e che ha appena sostenuto l'esame per diventare commercialista. Ma lui ha tralasciato subito queste informazioni per rievocare i loro incontri al ristorante. Ha rivelato la propria emozione nel vederla arrivare, gli altri camerieri se ne erano accorti e lo prendevano in giro. Ha ricordato la sera in cui si è macchiata di olio e lui è corso a procurarsi il borotalco in un negozio che stava per chiudere. Non solo ha ripetuto alla lettera le graziose parole di ringraziamento che gli aveva rivolto, ma ha persino descritto il «magnifico» vestito. Ha parlato in tono scherzoso di questi suoi imbarazzi, non ha preteso nulla, l'ha trattata come fosse irraggiungibile per uno come lui. È rimasta ad ascoltarlo stupita e lusingata. Non si è sentita minacciata da questo giovane che ha vent'anni meno di lei e che ha conosciuto come cameriere. Al momento del congedo, le ha chiesto se potesse avere il piacere e l'onore di rivederla. Vorrebbe mostrarle un ritratto che le ha fatto a partire da un paio di foto scattate di nascosto al ristorante. È stata la curiosità, la vanità o già un'attrazione più compromettente, fatto sta che ha accettato. Si sarebbero visti la settimana dopo in quello stesso caffè.

Sono diventati amanti. Si sono incontrati un paio di giorni alla settimana nel minuscolo appartamento di lui il pomeriggio, quando lasciava l'ufficio e prima di rientrare a casa. Rimangono assieme al massimo per un paio d'ore.

Fanno l'amore senza furore, con complicità, come piace a lei che si sente ammirata e trattata con riguardo. E poi restano a letto a chiacchierare abbracciati. Giuliano proviene da una famiglia umile e ha ereditato dall'infanzia dimessa il desiderio di cose belle, posti prestigiosi, modi raffinati. Desideri confusi perché non solo non poteva appagarli, ma non sapeva neppure dove indirizzarli se non genericamente verso negozi costosi. È stata lei a dare contorni precisi a quella vita vagheggiata, a introdurlo. L'ha aiutato a prendere in fitto un appartamento un po' più grande, in centro a Madonnella. Hanno scelto assieme l'arredo che lei ha contribuito ad acquistare in un negozio di mobili e non da Ikea. Per la loro cena d'inaugurazione, gli ha regalato un servizio di posate e di bicchieri di cristallo in modo che la tavola fosse apparecchiata in maniera raffinata. Si è applicata con regali mirati anche al guardaroba. Abiti di sartoria napoletana comprati nelle boutique del centro, scarpe inglesi, camicie su misura. S'è impegnata a insegnargli le buone maniere e la cura del linguaggio. Sono riusciti anche a fare piccoli viaggi, trasferte di un paio di giorni in cui lei sperimenta il piacere di passeggiare abbracciati, lui il lusso di grandi alberghi e buoni ristoranti. Soprattutto gli ha procurato una certa sicurezza economica. L'ha nominato perito in varie cause, poi curatore di piccoli fallimenti. L'ha presentato a un giudice, suo compagno di studi a Napoli, che l'ha preso in simpatia e gli ha affidato altri incarichi.

Giuliano ha imparato velocemente perché, da quand'era ragazzo, non ha desiderato altro che trasformarsi in un uomo elegante. Lei si è divertita a tirarlo su come se fosse la sua creatura, a immagine di quanto le piace. Peraltro, questa relazione non interferiva con il resto della sua vita. In una stagionata coppia borghese, com'è la sua, la distrazione del coniuge può garantire quotidiane zone franche. Quello che pone problemi è in genere l'opposto, quando uno dei due richiede attenzione. Lei non ha nutrito sensi di colpa verso il marito, perché è convinta di non sottrargli nulla che desideri. Lui non ha più bisogno di lei, e neppure il figlio. Suo marito è un importante professore di medicina impegnato dalla mattina alla sera, e il tempo che strappa al lavoro lo passa a guardare le partite di calcio alla televisione e a dormire. Il loro amore si è trasformato con gli anni in rispetto reciproco e in contributo solidale alle rispettive reputazioni. Avrebbe potuto persino sapere di questa sua relazione e non considerarla pericolosa, a patto che restasse clandestina. Non se ne sarebbe mai andata con un uomo di vent'anni più giovane e proveniente da un ambiente diverso dal loro, un ex cameriere. Né questa relazione ha interferito con il loro giro di conoscenze. Era una sorta di extraterritorialità dove passare esigue vacanze. Infine anche questi incontri sono presto entrati nella routine della sua vita, una sorta di ricreazione neppure troppo emozionante.

Per Giuliano, invece, essere amato da una persona come lei ha costituito la condizione per introdursi in un ambiente dove continua a considerarsi un clandestino. Soprattutto per sedare la paura che il suo bluff venga scoperto. L'ambizione di Giuliano e ancor più la sua insicurezza hanno dato a Lea la sensazione di essere essenziale. È un bell'uomo, giovane, elegante e ormai con una discreta posizione sociale, un buon partito. Ha avuto ogni tanto avventure con donne della sua età, qualcuna anche più duratura. Lea, tuttavia, non ha mai sentito vacillare la certezza del suo primato. Quando si è trattato di scegliere tra una serata assieme a lei o con un'altra, mai ha mostrato esitazioni. I loro incontri sono venuti prima di tutto e sottostavano solo agli impegni di lei. Era lei più importante, il suo amore valeva di più.

Poi è arrivata Martina. Ha venticinque anni, è bionda, alta e bella. Inoltre, è figlia unica di una ricca famiglia di costruttori. La madre è stata una delle migliori amiche di Lea, anche se non si vedono più tanto spesso. Tra tutti gli uomini che avrebbe potuto scegliere, si è presa di passione proprio per Giuliano. All'inizio ci hanno scherzato su. Stava per entrare nell'alta borghesia cittadina col passaporto che lei gli ha rilasciato. Ma si è accorta presto che qualcosa era cambiato. Lea, che conosce Martina fin da quando era piccola, parlandone ha cominciato a prenderla in giro. «Sperimenterai le ragazze viziate, dovrai chiedere prestiti in banca per portarla a cena.» Lui rincarava la dose con racconti. Al ristorante, incapricciatasi di enologia, sceglie vini da cento euro; convertita all'ecologia, si è comprata una bicicletta da millecinquecento euro; ha un conto aperto nella boutique più cara della città. Ma queste ostentazioni del lusso più che scandalizzarlo sembrano inorgoglirlo. E per giustificarla conclude che in fondo è una ragazza semplice con molti problemi. Lei ha provato a chiedergli come vanno i loro affari a letto. Ha tergiversato, non ha dato particolari come altre volte ha fatto anche per eccitarla. Si è limitato a dire un «Non c'è male», che nasconde male la sua soddisfazione. Si è presto accorta che risponde con fastidio o lascia cadere ogni sua allusione anche ai loro rapporti sessuali. Possono fare ancora sesso, seppure di rado e stentatamente, ma non vuole che se ne parli. Parlarne presuppone un desiderio reciproco e un'intimità ancora maggiore di quella richiesta dal farlo. Un'intimità che non si sente di concederle.

Profittando del fatto che lui è in bagno, un pomeriggio ha frugato in un cassetto dove ha trovato alcune foto stampate. L'hanno colpita meno le foto in cui, abbracciati e sorridenti, sono in posa da coppia giovane, bella e fortunata; o quelle di Martina nuda di spalle che cucina o sempre nuda distesa su un fianco a letto mentre finge di dormire. Di più l'ha ferita, in un ritratto di lui, il sorriso ebete, lo sguardo umido, sensuale e inerme rivolto a Martina che scatta la foto. Esprimeva la caduta d'ogni difesa. Senza pudore, si è messo a nudo davanti a lei come un uomo conquistato, che consegna al suo sguardo se stesso per intero. Non l'ha mai guardata così.

I segnali del cambiamento sono diventati progressivamente più chiari. I loro incontri si sono ulteriormente diradati. Si vedono solo quando Martina per qualche ragione non può. Lei si sente una supplente che sta là solo per mancanza della titolare rimpianta. Fanno l'amore sempre meno. Lea s'aspetta che sia lui a cominciare, che glielo debba se non altro per rassicurarla. Lo abbraccia stesa sul divano, si baciano, lei comincia a muovere lentamente il bacino ma lui resta fermo come uno stoccafisso, niente erezione, niente movimenti. Non le propone più di spostarsi sul letto, restano abbracciati scomodamente a chiacchierare. Anche questa tenerezza priva di sensualità è diventata automatica, insensata. Quando fanno l'amore, sembra che stia sbrigando un compito dovuto. Abolisce i preamboli, abbrevia i tempi, lo riduce al raggiungimento rapido di un orgasmo.

La situazione alla fine è precipitata. Avevano previsto di passare assieme un fine settimana, in occasione di un convegno di magistrati a Venezia. Lei, grazie a un'amica veneziana, aveva già programmato tutto. Una stanza al Monaco, la cena da Fiore il venerdì sera; il sabato avrebbero noleggiato un'auto per visitare Asolo, dove avrebbero passeggiato per poi cenare e dormire in un hotel de charme. La domenica sarebbero tornati. Il mercoledì, con una voce che non riesce a celare la soddisfazione, le ha comunicato che quel fine settimana Martina per la prima volta l'ha invitato nella villa di famiglia al mare. Avrebbero dovuto spostare a un altro fine settimana il loro progetto, ben sapendo che non sono previste analoghe possibilità per mesi. Una comunicazione secca senza scuse né preamboli, come se stesse esponendo una motivazione irresistibile che non ammette repliche. Quello che ancor più l'ha irritata è che non abbia mostrato nemmeno un po' di rammarico. Neppure per buona educazione, per compiacenza. Lei non ha più diritti.

La loro intesa si è incrinata. Ormai dell'amore avanza solo il veleno. Lei non ha resistito a fargli scenate. Ha un bisogno incontrollabile di parlare del loro rapporto, nonostante si renda conto che poi è solo peggio. L'ha accusato di trascurarla, di non desiderarla più, di tradimento. Lui ha continuato a ripetere che non è cambiato niente, che resta la persona più intrinseca alla sua vita, che non riesce a immaginarsi senza di lei. Il suo rapporto con Martina è un'altra cosa. Deve pure sposarsi, prima o poi. Lei, comunque, ci sarebbe stata sempre. Non capisce se mente o se davvero crede a quanto sostiene. Quest'ultima possibilità forse le sembra ancora più sconfortante. Nega così che il loro sia stato un amore, lo converte in un legame familiare, di quelli estranei alla sessualità, che possono resistere a qualsiasi cosa accada. La fa sentire più vecchia.

È disarmata perché capisce le ragioni di lui. È colpa di Giuliano se si è innamorato di una giovane donna? Dovrebbe restare per sempre il suo intrattenimento settimanale? Si rende conto di avere torto. Una donna sposata di quasi cinquantadue anni cosa può pretendere da un uomo che non ne ha ancora compiuti trenta? Avrebbe dovuto accontentarsi di quei pomeriggi, degli sporadici passaggi a letto. Come può esigere che un uomo giovane desideri un corpo che, riflesso allo specchio, a lei stessa non piace più, tanto più se dispone di un'ondina di venticinque anni? Dovrebbe accettare quanto le offre, quella sorta di esercizi vaginali senza passione? Accontentarsi però la degrada e degrada la loro storia a passatempo erotico. Allora troncare? Potesse sapere come dimenticarlo o, cosa ancora più inverosimile, come innamorarsi di un altro... Conoscere quanto tempo occorre per riuscirci. Ma basterà quello che le resta da vivere? Forse sarebbe meglio morire prima.

Lei cosa può offrirgli oltre a quello che gli ha già dato? La scelta di continuare così, con quegli incontri diradati e svogliati, come Giuliano le propone silenziosamente, sarebbe solo una dilazione, comunque dolorosa, della catastrofe inevitabile. L'amore che si alimenta di gratitudine e sensi di colpa è tossico. Perché allora non si arrende all'evidenza della fine naturale del rapporto senza più farne una malattia? Si aspetta che lo psicanalista le dia la forza per rinunciare, ritirarsi, arrendersi. Che le infonda l'intimo coraggio per imparare l'arte dell'oblio.

Il dottore ha opposto il solito silenzio alle sue domande. Questa volta non ha potuto sopportarlo. Ha protestato dicendo che tutto il tempo e i soldi che gli ha dato sono stati inutili. Non l'ha aiutata né a capirci qualcosa, né a stare meglio. Nessuno si occupa più di lei – né il marito, né il figlio, né Giuliano – e lei non ce la fa più. È scoppiata in lacrime.

Con una voce che le è sembrata provenire da lontano, come da una radio, il dottore le ha detto che finalmente sta portando fuori il dolore che contiene per tenere insieme la sua vita. È importante sapere cosa davvero vuole e da cosa deve congedarsi, prima di capire se e a chi può o non può chiedere. È lei il suo problema. Il resto della seduta l'ha passato a piangere e a lamentarsi ripetendo con una vocina da bambina: «Tutti mi hanno abbandonato, nessuno mi vuole più, che ci sto a fare. È colpa mia, lo so, è tutta colpa mia.»

Sono state settimane dure. Giuliano è scomparso e lei ha resistito alla tentazione di cercarlo, sperando però che l'astinenza le valga il suo desiderio di rivederla. Ha fatto un fioretto, non mangerà cioccolato per un anno perché Giuliano torni da lei. Per una sorta di correttezza preferisce questa richiesta a quella che lasci Martina. Si rende conto che non c'è ragione che la Madonna o chi per lei debba esaudire simili pretese. Ma per lo meno con il fioretto ha la sensazione di stare facendo qualcosa.

Continua a fermarsi dinanzi alle vetrine dei negozi di moda maschile spinta dalla voglia di fargli regali. Rimpiange di non poter fare nulla per lui. Poi le torna in mente la foto in cui guarda Martina con gli occhi dell'amore. Ora Giuliano è felice con la giovane fidanzata e contento che lei sia sparita. Il suo dolore non lo merita. Vorrebbe che almeno le mostrasse quanto gli manca. Sarebbe una consolazione. Invece, col suo silenzio, non riesce neppure a nasconderle che non ha più bisogno di lei, che, finalmente appagato, l'ha esiliata dai suoi pensieri. Con Martina possono incontrarsi quando vogliono, passeggiare, andare a teatro e al ristorante, in vacanza, fare l'amore ogni sera. Senza nascondersi, come invece è toccato a loro, sempre chiusi in un appartamento. E anche da quell'appartamento che hanno arredato assieme, l'unico fondale del loro amore, ora è esclusa per sempre. Martina ne ha preso possesso. Mangia nei piatti e con le posate che lei gli ha regalato. Il nuovo delizioso festino d'amore, che ha cancellato i loro uniformi incontri, si svolge sul letto scelto da lei. Non riesce a scacciare le immagini di loro due che la tormentano. La cosa terribile della gelosia è d'essere un sentimento dotato d'immaginazione.

Fantastica che si ammali e, abbandonato da tutti, torni ad avere bisogno di lei. Sarebbe allora pronta a sfidare il mondo per stargli vicino. Si appella inutilmente al fascino di donna riuscita, che la rende incomparabile con una ragazza, perché sa, in quanto lo sta provando, che non c'è migliore compagnia di un corpo desiderato. Sospetta che lui non l'abbia mai amata, d'essere stata solo il tramite per avere ciò che ha ottenuto. Gliene vuole perché troppo tardi s'accorge di avergli concesso d'impadronirsi di lei. Solo il dolore della perdita, ingigantendo ogni dettaglio, consente di guardare nell'oscurità dell'amore. Sapesse almeno quando tutto questo dolore finirà. Ma finirà mai?

Ha provato a cercare conforto nelle poche persone intime che le sono rimaste. Tutte appartengono al passato, da sposata non ha più avuto vere amiche. Non se l'è sentita di confidarsi con Arturo, il suo collega. Dai tempi dell'università non si sono lasciati, è stato il padrino di suo figlio ed è certa che le vuole bene. Ma non è persona capace di capire le debolezze. Ha una severità che non invita alla confidenza. E poi gli uomini sono in genere insensibili ai dolori femminili, anche se non inflitti da loro. Avrebbe potuto chiamare Carla, con la quale durante gli studi ha diviso la casa, ma per quanto le sia affezionata, sa già che le avrebbe impartito una lezioncina sulla libertà nei rapporti d'amore. Alla fine si è confidata con Elvira, la sorella di Carla, che l'ha ascoltata a lungo mentre tra le lacrime le spiegava la situazione. L'unica cosa che ha saputo consigliarle è stata di astenersi da qualsiasi azione perché di sicuro tra qualche tempo se ne sarebbe pentita e forse persino vergognata.

Sta male. Trascura, assieme al lavoro e alla casa, se stessa. Ricorre sempre ai vestiti indossati il giorno prima. Non prende appuntamenti dall'estetista. Ha giusto la forza di portare il proprio dolore. Suo marito all'inizio le ha dato retta, poi ha cominciato a evitarla. Torna sempre tardi la sera, pretende di cenare sul divano davanti al televisore per poter prescindere dalla sua faccia triste. È andata a Milano dal figlio ma si è accorta che se fosse rimasta anche un giorno in più sarebbe stata un impiccio. Ha smesso anche di andare dallo psicanalista che la irritava, perché o taceva o le faceva notare come il suo dolore attuale avesse cause remote risalenti ad altre età. Era incapace di arrecarle sollievo. Non prova più gelosia perché si è resa conto che Giuliano non le è mai appartenuto. Ma prova un sentimento altrettanto doloroso e più umiliante: l'invidia. Vorrebbe essere al posto di Martina e nell'impossibilità tutto il resto ha perso valore.

Ha incontrato Giuliano per caso in tribunale, dove è venuto a portare una perizia. È a stento riuscita a nascondere l'emozione mentre lui si è sforzato di trattarla con naturalezza senza mai alludere al fatto che non si vedono da due mesi. Le vorrebbe imporre un nuovo stile, familiare ma non intimo, disinvolto ma non complice. Come tra vecchi amici che non si frequentano più. Questa pretesa l'ha innervosita. L'ha addolorata notare che indossa un abito e una cravatta che non gli conosce. Sapeva tutto di lui, ha vigilato su ogni suo acquisto, ora è un'estranea. Al momento del commiato non le propone un appuntamento.

Se non se la sente di cercarlo, vuole però sapere qualcosa della sua vita, spinta anche dall'auspicio che il legame con Martina cominci a mostrare crepe. Si sarà stancato di discutere per intere sere di diete o di uscire con i suoi amici insulsi? Ha telefonato alla madre di Martina che non vede da tempo e l'ha invitata da lei per un tè. Dopo un po' di convenevoli, le ha chiesto della figlia. Martina si sta laureando in architettura e comincia già a lavorare nello studio di un amico del padre.

«E l'amore?»

Le è sembrato che l'amica fosse imbarazzata. Che Giuliano avesse parlato di lei a Martina e questa a sua madre? Deve scoprire un po' le carte per appurarlo.

«So che si vede con un giovane che conosco bene perché è un perito del tribunale.»

«Sì. Sono diventati amici. Ma sai come vanno queste cose alla loro età. Nel giro di qualche mese cambia tutto. Adesso è importante che si laurei.»

«Sono una bella coppia. Lui è una brava persona.»

«Se son rose fioriranno» risponde l'amica imbarazzata, facendo cadere una pietra tombale sull'argomento. Questa reticenza le ha dato la certezza di essere stata tradita. Giuliano deve aver parlato della loro storia, dipingendola come la vecchia strega innamorata, persecutrice del giovane. Per vantarsi e far vantare la fidanzata, l'ha resa un personaggio ridicolo, uno zimbello. Vergogna, rabbia, gelosia ma anche il desiderio di confidare l'amarezza, di sgravarsi di un peso, l'hanno spinta a parlare. Anzi, a sentirsi parlare: «Giuliano lo conosco bene. È stato il mio amante per un paio d'anni. Mio marito mi trascurava, mio figlio era partito, ero sola e nessuno si occupava di me, né io mi potevo occupare più di qualcuno. Non so se riesci a capirmi. Quando non si è più giovani e non ancora vecchie, si rischia di prendersi il peggio delle due età. Non solo non hai più da sperare ma pensi anche di avere sbagliato tutto nella vita precedente. Un amante giovane ti fa tornare una donna desiderata e al tempo stesso una madre nel pieno delle sue funzioni. T'illude. Lui ne ha profittato, non so quanto consapevolmente. Si è fatto aiutare, guidare, accudire. È un uomo ambizioso e nulla può fermarlo. Quando ha incontrato un partito come tua figlia, mi ha liquidato. È naturale, lo capisco, ma mi ha fatto male, molto male.»

L'amica l'ha guardata con aria costernata. Le ha sorriso e si è allungata per farle una carezza sulla guancia. Lea è scoppiata in lacrime. Si è ripresa quasi subito e sono passate complici a parlare dei pasticcini e delle pasticcerie cittadine. Quando si congedano, l'amica la tiene stretta a lungo tra le braccia.

Si è subito pentita di quella confessione. Non tanto per quello che l'amica potrebbe pensare di lei, né per il rischio di pettegolezzi. È una donna discreta e gentile, soprattutto non rischierebbe di mettere in cattiva luce l'uomo che sua figlia frequenta. Se ne è pentita per Giuliano. L'avrebbe di certo saputo, perché l'amica non resisterà a mettere in guardia la figlia da un cacciatore di dote. Lui l'avrebbe odiata.

È perciò con apprensione che, un paio di giorni dopo, sente la sua voce al telefono invitarla a casa per l'indomani alla solita ora dei loro incontri. Non è una voce alterata dalla rabbia, anzi l'invito è stato preceduto da un «Se ti è possibile e ne hai voglia». Le avrebbe chiesto ragione di quanto ha detto? Le avrebbe chiesto di rimediare? Avrebbero parlato di quel che è stato il loro rapporto? In che modo l'avrebbe punita?

Si è avviata verso casa di Giuliano non sapendo cosa l'attende. È come svuotata, di colpo sono svanite tutte le cose che avrebbe voluto dirgli e le risposte che ha progettato di dare alle sue accuse. Inutilmente si sforza di ricordarle. La loro separazione attuale, i loro incontri passati, tutto le si presenta confuso in un'emozione che le rende difficile il respiro.

Le ha aperto la porta, non si salutano neppure. Sono andati a sedersi lei sul divano, lui in poltrona, sempre in silenzio. Ritrovare quella stanza familiare ha fatto tutt'uno col pensiero che ormai lui ama un'altra. Le è parso sinistro che le cose siano rimaste al loro posto, impassibili alla sostituzione.

«Vuoi bere qualcosa?»

«Grazie, dammi un whisky.»

Si è alzato per andare a versarlo. Le ha dato il bicchiere ed è rimasto in piedi accanto al divano guardandola in silenzio. Sente il peso del suo sguardo mentre un lungo sorso di whisky le brucia la gola.

«Vieni di là.»

L'ha presa per un braccio come per tirarla via dal divano. Lei si è illanguidita, il corpo, privo di forze, non risponde più alla sua volontà. Lo lascia fare. Riesce a deporre il bicchiere sul tavolino, la mano che trema, e lo segue sempre condotta per mano in camera da letto.

«Spogliati.»

Non oppone resistenza. Si è spogliata mentre lui la guarda steso sul letto. È nuda e prova vergogna anche perché lui rimane vestito, a osservarla.

«Girati. Fatti guardare.»

Si è girata, mentre lacrime involontarie le rigano le guance.

«Puoi rivestirti. Mi è passata la voglia.»

Si è sollevato dal letto e se ne è andato in salotto a sedersi in poltrona.

Lei si è rivestita lentamente ed è uscita di casa in silenzio, mentre lui si mostrava assorto nella lettura di una rivista.

Ci ha messo quasi un anno a riprendersi. Il dolore si è appassito assieme a lei.

È stata una lunga malattia, la cui causa è rimasta oscura, comunque mai esplicitata, a quelli che le stanno vicino. Per descriverla sono ricorsi a una formula generica, l'esaurimento nervoso. Il marito ha capito che doveva dedicarle un po' di attenzione e di tempo. D'estate hanno preso una casa in un'isola sperduta della Grecia, loro due soli. Hanno ricominciato timidamente a fare gesti d'amore. Anche il figlio è stato più premuroso, è venuto a farle visita spesso. Queste attenzioni però le hanno procurato sensi di colpa, mai provati fino ad allora. Prima s'era convinta che a un grande amore si possa sacrificare tutto. Ma una volta che il rapporto con Giuliano le si è rivelato una povera cosa, si è sentita colpevole di aver scardinato la propria vita e quella di suo marito per un capriccio, o peggio ancora per il calcolo di un giovane ambizioso.

Dopo mesi di congedo, a settembre ha ripreso ad andare in tribunale. Non è quella di prima. È convalescente, con la consapevolezza che questa convalescenza dello spirito e del corpo potrebbe non finire, condurla fino alla vecchiaia.

Ha incontrato la madre di Martina dal parrucchiere. Ha cercato di evitare d'essere vista. Ma quella, quando l'ha scorta, si è precipitata coi capelli ancora bagnati ad abbracciarla. Avrebbe aspettato che anche lei a sua volta finisse per chiacchierare un po'.

Hanno raggiunto un caffè là vicino.

«Come stai? Non ti si vede da un sacco di tempo.»

«Non sono stata bene. Un esaurimento nervoso. Ma ora sto molto meglio. Enrico e io abbiamo passato una magnifica estate in Grecia. Voi come state? E Martina?»

«Si è laureata. Sai, la storia con Giuliano è finita. Ma non per quello che mi dicesti. In verità a noi non era mai piaciuto, e tu confermasti solamente una mia impressione. I ragazzi però hanno la testa dura, soprattutto quando devono opporsi ai genitori. Credo che sia finita perché tutti e due volevano finirla. Quest'estate Martina è stata in vacanza con alcuni colleghi di università. Mi pare che sia tornata contenta... Che vuoi fare, Lea, ci vuole pazienza.»

Non ha incontrato Giuliano, né tantomeno l'ha cercato. Si è anzi tenuta alla larga dai paraggi del suo appartamento. Le fa male passare davanti alla sua finestra e vedere la luce accesa. Nei primi tempi della loro crisi, non riusciva a evitare di passare da lì quasi ogni giorno. Comunque, i ricordi dei loro incontri hanno continuato a perseguitarla. Le sembra di essere stata felice solo prima della loro rottura, senza però saperlo.

Non ha neppure avuto notizie di lui. Evidentemente il suo successo nella professione deve averlo allontanato dai piccoli incarichi del tribunale. Non riesce a immaginare come stia vivendo. Ha trovato una nuova fidanzata? E perché la sua storia con Martina è finita? È ancora l'uomo che lei ha formato o è tornato a essere l'arrivista spinto da un solo scopo? Tutto ciò che ha un fine non ha mai fine. Il ricordo di Giuliano torna come il dolore di una vecchia lesione alla spalla quando solleva un braccio. Pensa anche a cosa sarebbe diventata la loro storia se non si fosse così bruscamente interrotta. Difficile che potesse lasciare suo marito per mettersi con lui. Si sarebbe comunque spezzata all'incidente successivo, perché ormai tra loro era già finita? Avrebbe potuto continuare ancora per qualche tempo se avesse trovato una ragazza diversa? Una ragazza meno ricca, probabilmente, non avrebbe estinto il bisogno di lei.

Ha rivisto per caso Martina al supermercato. Si sono fermate a parlare tra i banconi. Martina era imbarazzata. Lei si è sorpresa a constatare che è meno bella di come se la ricordava.

Prima di Natale, quando è trascorso oltre un anno dall'ultimo loro incontro, Lea ha sentito al telefono la voce di Giuliano, calma e calda come sempre.

«Pronto... Sono Giuliano.»

«Lo so. Riconosco ancora la tua voce.»

«Vorrei vederti. È da tanto tempo che non parliamo.»

«Se non l'abbiamo fatto è perché non avevamo nulla da dirci.»

«Oppure perché ci mancava il coraggio per rivederci.»

«È la stessa cosa.»

«Allora diciamo che ho trovato il coraggio di chiamarti perché da quando non ci vediamo non ho smesso di parlarti anche se non c'eri. Ora mi sono stancato di fare tutte e due le parti e voglio ascoltare di nuovo la tua voce.»

«Non so se io me la sento.»

«Allora facciamo così. Pensaci. Io ti aspetto al caffè del nostro primo appuntamento domani dalle diciotto alle diciannove e trenta. Stesso tavolo di allora.»

«Non credo che verrò. Le cose che si ripetono sono quasi sempre false.»

«Oppure sono quelle che non si possono sopprimere. Ti aspetto. Ho capito che non posso fare altrimenti.»

6

Carla

È già al bar dell'hotel da un quarto d'ora quando lui telefona. L'hanno trattenuto in studio per una causa importante. Sarebbe meglio rimandare l'appuntamento a un'altra data.

Si aspettava che avrebbe provato a far saltare l'incontro. È la solita strategia maschile: procrastinare quello che si annunzia come un chiarimento sentimentale ricorrendo a scuse banali, a presunte urgenze quotidiane, per riportare tutto alla routine. Non ha mostrato turbamento e con voce calma gli ha detto che lo avrebbe atteso là fino a mezzanotte.

Già quando al telefono l'ha formulata, ha cercato di resistere a quella strana richiesta di appuntamento.

«Ma perché dobbiamo vederci alle diciannove all'Hotel Vesuvio, se possiamo trovarci a casa come tutte le sere poco più tardi? Abbiamo qualcosa da festeggiare?»

«Non da festeggiare... Direi proprio di no. Ma certe cose è meglio dirle in un ambiente neutro, che non ci appartiene.»

«Ma quali cose?»

«Quelle appunto che ci diremo stasera.»

«Questa è un'altra delle tue stramberie. Ma quando diventerai una persona adulta, normale?»

Seppure con la malagrazia di chi cede ai capricci, alla fine ha acconsentito. Si sarebbero visti al bar dell'hotel.

Carla è andata a cercare un vestito adatto in una boutique elegante nei pressi di piazza dei Martiri. Se non si passa questi lussi adesso... come ci si compra un vestito per un matrimonio... Dopo qualche esitazione ha scelto un abito scollato e abbastanza aderente che valorizza le ore di fatica trascorse in palestra per contenere le sue forme di cinquantenne in menopausa. Sopra una giacca rosa, un colore che non ha mai portato. Tanto femminile, forse ha sbagliato a non usarlo prima. Li ha indossati subito, sarebbe passata l'indomani a prendere i vestiti con cui era venuta. Da un famoso negozio in via Calabritto ha acquistato un paio di scarpe con il tacco alto. Alla fine, è molto compiaciuta per come sta.

Nonostante sia vicina all'Hotel Vesuvio, ha preso un taxi. Ormai si muove così, è sempre stanca. È arrivata un po' in anticipo per scegliere un tavolo appartato. Altri due sono presi da turisti che parlano tra loro in inglese. Ha ordinato da bere un Gin Tonic, è la sua bevanda preferita sin da quando era all'università, e da tempo non beve più alcol.

Non ha aspettato molto. Dieci minuti dopo la telefonata, lui è entrato nella hall e si è diretto verso il suo tavolo sorridendo. È un sorriso che vuole dire: sei la solita matta con cui bisogna avere pazienza. Avanti.

Si è accomodato di fronte a lei, sempre con le labbra sforzate nel sorriso.

«Che stai bevendo?»

«Un Gin Tonic.»

«Hai ripreso a bere?» Ha chiamato il cameriere sollevando un braccio e ha ordinato: «Lo stesso di mia moglie.»

Quella precisazione superflua fa sempre parte della sua strategia difensiva. È una sorta di modo istituzionale per mettere le mani avanti. *Siamo una coppia.*

Hanno atteso in silenzio che il cameriere portasse il bicchiere e altre ciotoline di cibo. Solo dopo aver bevuto un sorso l'ha guardata: «Allora perché ci stiamo incontrando qui?»

«Perché certi discorsi è meglio non farli a casa. Là rischiano di non finire mai, mentre è bene che finiscano... altrimenti le cose non cambiano.»

«Bene, allora facciamoli questi benedetti discorsi.»

«Cominciamo dalla fine: Gaspare, il nostro matrimonio è finito. Io me ne vado. Lo so che è scomodo per te come per me, ma preferisco questa scomodità allo stare assieme solo perché è scomodo separarsi.»

«E c'era bisogno di tutta questa messa in scena per comunicarmi la tua decisione?» Sta spostando l'accento dalla decisione al posto scelto per comunicarla. Cerca di smontarla, di non prenderla sul serio. Dopo vent'anni di matrimonio ha imparato a riconoscere i trucchi da avvocato che adopera per metterla in imbarazzo, per screditare quanto dice. Continua come se non avesse ascoltato l'interruzione: «Questa mia decisione, tengo a precisarlo, non è dovuta al fatto che da almeno un paio d'anni tu hai una relazione con Eleonora...»

«Ma che ti viene in mente? Non essere ridicola... Si tratta solo di una giovane collega del mio studio.»

«Gaspare, ti prego, non voglio discutere di questa storia, di cui ho prove certe. Solo per citarti l'ultima: quando ti ho chiamato meno di un mese fa all'hotel di Termoli dov'eri per una causa, mi hanno passato la camera... e mi ha risposto Eleonora.»

«Ma l'avevo lasciata lì a guardare delle carte...»

«Di episodi analoghi ce ne sono stati abbastanza, credimi. Non ho nessuna intenzione di enumerarli. Ti prego, lasciamo perdere quest'argomento, è penoso discuterne sia per me che per te, e soprattutto non è rilevante. Lo so che avresti voluto da me cose che non ti ho mai dato. Una donna che ti ammira, pronta a immolare la propria vita per te, a mettersi tra parentesi. Una Eleonora, appunto, moglie, amante e segretaria. Ma non sono così, e non vorrei neppure esserlo. E ti ho chiesto quest'appuntamento, quest'ultimo appuntamento, perché voglio parlarti di me, solo di me, e non perché voglio processarti.»

Gaspare, che nel frattempo ha finito di bere, solleva di nuovo il braccio per chiamare il cameriere. Vuole un altro Gin Tonic. Sta accusando i colpi. «Ti sei preso un'amante... E lo capisco, per quello che era diventata la nostra vita matrimoniale. Siamo una coppia quasi soltanto perché la gente che conosciamo ci invita a cena in coppia. Soprattutto che cos'è diventato il sesso tra noi? Come faceva un bell'uomo di cinquantasette anni, nel fiore della vita, stimato professionista, senza figli, ad accontentarsi di quelle misere pratiche mensili che consumavamo di solito la domenica pomeriggio, dopo la pennichella? Ma non hai pensato che anch'io potevo avere le stesse esigenze, che non mi potevano appagare quei minuti in cui doverosamente mi stavi dentro e poi mi masturbavi?»

«Per amore di verità, devo ricordarti comunque che arrivavi puntualmente all'orgasmo.»

Per amore di verità... Non riusciva proprio a lasciare quel lessico d'avvocato.

«Puntualmente. Hai detto giusto. Cercavo di far presto, di non perdere tempo. Aiutavo la meccanica con qualche fantasia e se non ci riuscivo simulavo l'orgasmo. Così ci toglievamo il pensiero.»

Gaspare, che ha preso a mangiare convulsamente noccioline – uno come lui, sempre attento a ciò che ingerisce –, chiama il cameriere per farsene portare altre. Queste interruzioni gli servono per riprendere fiato, per capire come parare i colpi. Non riesce a uscire da una strategia processuale. Adesso la guarda pateticamente negli occhi, prima di parlare: «Ma che discorsi stai facendo, l'amore cambia col tempo. Al sesso subentra la tenerezza. La nostra tenerezza.»

«Di' piuttosto quell'indifferenza rilassata che è la caricatura odiosa della tenerezza. È ancora peggio di detestarsi.»

Gaspare scuote la testa, come chi non viene capito. Carla non intende lasciargli scampo.

«Avevo anch'io bisogno di un amante... e me lo sono trovato in palestra. Un bell'uomo di dieci anni più giovane di me. Un insegnante divorziato con una figlia piccola. Ci vediamo a casa sua da circa sei mesi, un paio di pomeriggi alla settimana. Ci sentiamo ogni giorno e ogni giorno mi chiede come sono vestita, come ho dormito... È una persona affettuosa, tenera.»

«Scommetto che anche lui scrive poesie come te.»

«In effetti ne ha scritte un paio sul mio culo, ma non è questo l'essenziale. L'essenziale è che ho ritrovato la giovinezza del mio sesso. Le scopate con lui sono tutta un'altra cosa... Sa fare l'amore come tu non hai mai saputo farlo. Stiamo a letto per ore...»

«Puoi risparmiarmi i dettagli.»

«Se preferisci... Comunque voglio che ti sia chiaro perché ti lascio: perché sono certa che tu non puoi darmi più quello che desidero e a cui a cinquant'anni non ho nessuna intenzione di rinunciare.»

«Parli come... una puttana!»

La parola gli è scappata dalle labbra perché non può più trattenere dentro di sé quello che si sta scatenando. Ed è uscita la prima, la più banale delle offese a una donna, perché è sconcertato, non sa che dire.

Lei non si scompone e continua a sorseggiare il suo Gin Tonic. «Il termine mi pare improprio. Quelle lo fanno per denaro e senza piacere... Io lo faccio gratis e con grande piacere, te l'assicuro.»

«Carla, che volgarità... A cosa stai riducendo il nostro matrimonio, sei irriconoscibile.»

«Forse perché tu non ti sei mai preoccupato di conoscermi.»

Gaspare ormai non la guarda più. Fissa il pavimento. Altre volte Carla ha preteso chiarimenti, denunciato l'insostenibilità dei loro rapporti. Però mai gli è apparsa così crudele, inviolabile... Non trova parole che non siano destinate a rimbalzare contro quella cortina che ha eretto tra loro.

«Vado al bagno...» Si alza e si allontana.

Rimasta sola, Carla tira fuori dalla borsetta un taccuino. Strappa una pagina e scrive: «Possiamo contentarci dei vent'anni che abbiamo passato assieme. Mi pare già un traguardo. Tu non puoi più fare nulla per me, a letto e fuori. Addio, e non mi cercare.»

Si alza e se ne va. Quella sera non si ritira a casa.

***

Dopo dieci minuti è riuscita a conquistare stabilmente la posizione che preferisce. È su di lui e muove le anche a un ritmo femminile, non percussivo. Sinuoso, lento, avvolgente, a tempo con una canzone di Mina che risuona nella stanza. È però già stanca e ha il sopraffiato, ma a causa dell'ossessione maschile per la durata sa che ci vorrà ancora altrettanto, qualsiasi cosa lei faccia per abbreviare i tempi dell'orgasmo di lui.

Quando tutto è finito, corre in bagno a lavarsi. Torna in camera avvolta in un asciugamano. Lui, nudo sopra il lenzuolo, orgoglioso le sorride. Con la mano la invita a stendersi al suo fianco. Lei si siede sulla poltroncina accanto al letto.

«Giuseppe, questa è l'ultima volta che ci vediamo.»

«Perché non sei contenta del trattamento?»

«Anche quello ripetuto viene a noia.»

«Non mi pareva.»

«Ma quando mai vi accorgete di qualcosa?»

Giuseppe assume l'aria comprensiva di chi deve chetare le paure irragionevoli di qualcuno. Si siede sul letto e si allunga per prenderle la mano. Lei gliela cede e continua a guardarlo con la stessa espressione.

«Carla, che ti succede?»

«Lo riconosco, fare sesso con te mi ha fatto ritrovare il piacere di essere desiderata... Tutto questo però da un po' di tempo è finito, e mi pare che stiamo ripiombando in una nuova routine, che è meno interessante di quella con mio marito.»

Adesso la bella faccia di Giuseppe appare stravolta da un'espressione di sorpresa: «Ma che stai dicendo?»

«Mi sono accorta che amo ancora mio marito. Anzi, non ho mai smesso d'amarlo. Il tuo desiderio era per me solo un surrogato del suo. Adesso anche il suo si è risvegliato, fare l'amore con lui mi piace molto di più che farlo con te. Abbiamo passato delle belle ore assieme, nessuno ci ha perso, lasciamoci da buoni amici.»

Giuseppe la guarda immobilizzato. La sorpresa è diventata sgomento. Gli occhi gli si riempiono di lacrime: «Non puoi lasciarmi... Carla, buttarmi via dopo avermi usato... Io ti amo.»

«Senti, ci siamo usati a vicenda, e amare non dà nessun diritto alla reciproca... Non ti mettere a piangere come una signorina sentimentale, cerca di farti ricordare col cazzo duro... Credimi, ti conviene.»

Mentre Giuseppe si porta le mani sugli occhi con un gesto teatrale, Carla raccoglie i vestiti che ha buttato ai piedi del letto e va nell'altra stanza a rivestirsi.

Quando rientra, lo ritrova nella stessa posizione. Nudo, seduto sul letto, le mani sugli occhi. Si avvicina per carezzargli i capelli. Lui le prende il polso con forza: «Non ti lascerò andare. Non lo puoi fare.»

«Non fare lo stupido. Io faccio quello che voglio.»

Lui non le lascia il braccio, si è alzato in piedi e la guarda con gli occhi di un bambino che sfida. Lei lo colpisce col ginocchio al basso ventre. Prima di urlare e accasciarsi per il dolore, la guarda con occhi sbalorditi. Lei si gira e va via.

***

La notizia secca gli è giunta, dopo qualche giorno, attraverso il notaio che sta curando la loro separazione. Ha subito cercato ulteriori dettagli. Circa un mese dopo il loro ultimo incontro al bar dell'Hotel Vesuvio, Carla è morta in una clinica svizzera per un cancro che dal pancreas si è esteso praticamente a quasi tutti gli altri organi. L'unica persona che potrebbe dirgli qualcosa di più, nella sua laconicità terribile, è la sorella di Carla.

Per quanto la conosca da molti anni, non c'è intimità tra loro, perché neppure tra le sorelle ce n'è stata molta. La differenza d'età, dei caratteri, dei desideri ha separato Elvira e Carla precocemente. Elvira ha cinque anni in meno della sorella, insegna a scuola, non si è sposata e abita ancora a Palinuro nella casa di famiglia. Carla era irrequieta, coraggiosa, impegnata in tutte le battaglie in cui si è imbattuta. Elvira invece è appartata, perennemente sull'orlo della depressione e però ironica su se stessa come sugli altri. Carla che si prende sempre sul serio, Elvira immobilizzata dall'incertezza. Tuttavia, si sono parlate regolarmente e, dopo il contrasto su come avrebbero dovuto riparare le finanze familiari, si sono ulteriormente avvicinate. Elvira è stata spesso ospite da loro a Napoli. Si sono ritrovate d'estate per un paio di settimane a Palinuro.

Al telefono, Gaspare le ha detto che ha bisogno d'incontrarla. È pronto a raggiungerla a Palinuro quando vuole. Elvira deve venire a Napoli per questioni personali tra due giorni. Le ha proposto di vedersi al bar dell'Hotel Vesuvio.

Così ora si trovano faccia a faccia, lui che beve un Gin Tonic e lei una tisana.

«Elvira, proprio qui su queste poltrone, un mese fa Carla mi ha lasciato. Ma non mi ha solo lasciato. Non so se puoi capire... Mi ha umiliato. Mi ha distrutto come uomo, oltre che come marito. Ha detto cose odiose su come facevamo l'amore, sul fatto che aveva un amante che la faceva godere mentre io non ne ero capace. Non l'ho mai sentita così volgare, lei che è sempre stata una donna straordinaria, nobile. Non sembrava più la stessa, eppure era la sua voce e anche il suo sguardo quando voleva sfidare... Da quel giorno, io non ho più vissuto. Ho cercato di raggiungerla, di rivederla, ma lei è scomparsa. Ho potuto contattarla solo attraverso il notaio. Non sapevo che cosa pensare. Di notte non ho dormito e non sono rimasto nemmeno sveglio. Sono sprofondato in una sorta di incubo. Continuavo a parlare con lei, a chiederle ragione... Non ho capito il perché di tanta crudeltà. Perché mi avesse detto tutte quelle cose. False, perché ci amavamo... Poi, un mese dopo, la notizia della sua morte. Era dunque condannata quando mi ha lasciato... Non ha voluto che l'accudissi negli ultimi giorni, non ha voluto soprattutto che continuassi ad amarla dopo la sua morte. Ha voluto risparmiarmi la vedovanza, la disperazione. Liberarmi da quel dolore, soffocarmi di risentimento per lasciarmi la facoltà di riprendere la vita, di rifarmi, di cancellarla come un brutto ricordo. Il suo è stato un atto d'amore, si è inventata tutto compreso l'amante, ha affrontato la morte da sola per risparmiarmela. È stata grande, ma ha sbagliato, perché così non mi pacificherò mai con lei e con me stesso... Elvira, tu mi devi dire la verità. Tu sicuramente la conosci. Anche se eravate lontane, questa cosa non può non avertela detta.»

Elvira lo guarda mentre sta racimolando le parole: «La verità, Gaspare, l'hai capita anche se lei avrebbe preferito che continuassi a credere le cose brutte che ti ha detto. Ha voluto che ti rifacessi una vita e pensava, per come vi amavate, che non avresti accettato presto un'altra donna. Mi ha detto che sei il tipo d'uomo che non può vivere senza una moglie. Ma tu l'hai capita perché il vostro amore era più forte della sua intenzione.»

Gaspare rincorre le lacrime col fazzoletto. «Lo sapevo che non poteva essere... Ma perché non ha voluto che restassi con lei fino alla fine... doveva lasciarmelo fare! Sarebbe stata una fine amorosa, serena. Se non il dolore mi avrebbe risparmiato l'amarezza del fallimento.»

Il commiato è rapido, Elvira accampa l'urgenza di raggiungere un'amica per cena.

Elvira di notte nella stanza dell'hotel cerca nel computer la mail che le ha scritto Carla la sera dopo l'appuntamento al Vesuvio con suo marito:

Elvira, tra poco vado via per sempre e, a cominciare da Gaspare, tutti dopo un po' di commiserazione ricomincerete come prima, come se io non ci fossi mai stata. Vi vedo già come sarete tra qualche anno. Questo non lo sopporto. Non è giusto. La certezza della morte prossima mi ha anche liberato. Posso finalmente smetterla di sentirmi ricattata dalla paura di rimanere sola. Lo sono già e sto per essere anche dimenticata. Il male che ingiustamente subisco mi legittima a reagire. Vi voglio legare a me con un sentimento che si ha per i vivi e non per i morti. Le riserve dell'amore sono da troppo tempo esaurite per poterci contare. Dovete detestarmi, trattandomi come se fossi viva. Poi lo so che mi scorderete comunque. Ma questo è il destino di tutti noi... scomparire.

Ho scritto questa poesia perché tu la conservi e la unisca come ultima alle altre che ti ho mandato:

Posso sputare fuori
gli amari distillati,
gli spifferi

che bucano i polmoni,
assieme alla parola «muori».
Pianto gli smemorati
ed esco.
Però da dentro il fosso,
lascio loro un sentimento fresco.
Non si odiano i morti
se davvero non sono stati storti.

Voleva restare con quelli che l'amavano e per questo se li stava portando all'inferno con lei. Una terrorista, ha sempre deciso le vite degli altri. E non scriveva neppure belle poesie.

Elvira sposta il cursore su ELIMINA e poi su RIMUOVI ELIMINATI.

I morti dovrebbero dimenticare.

Stampato da
Grafica Veneta S.p.A., Trebaseleghe (PD)
per conto di Marsilio Editori® in Venezia

EDIZIONE	ANNO
10 9 8 7 6 5 4 3 2 1	2023 2024 2025 2026 2027